COLLECTION FOLIO

Philippe Meyer

Le progrès fait rage

Chroniques 1

Gallimard

Philippe Meyer : c'est une fructueuse collaboration avec un service de recherches en psychiatrie qui lui a tenu lieu d'école de journalisme et c'est une thèse rédigée sous le regard d'un historien des mœurs, Philippe Ariès, qui a armé sa curiosité. Éditorialiste, chroniqueur, documentariste (*De Nuremberg à Nuremberg*, avec Frédéric Rossif), badaud inspiré (*Paris la grande*, à paraître dans la collection Folio) et, depuis peu, auteur-interprète au théâtre (*Causerie*), son appétit est celui d'un mousquetaire dont la devise pourrait être « liberté, curiosité, diversité ».

Tel qu'on le parle...

Heureux habitants francophones de la Belgique et des départements français, si vous avez pu, en ce premier jour de la semaine, procéder à la levée du corps à l'heure qui vous a chanté et si vous musardez au moment où je vous parle, c'est parce que nous sommes le lundi de Pentecôte, jour où l'Esprit saint descendit sur les apôtres et leur donna — on l'oublie trop souvent — le don des langues.

Aussi ne serez-vous pas surpris que je consacre ma causerie de ce matin au texte d'une traduction à moi envoyée par un auditeur sachant auditer et qui m'a ouï l'autre jour vous détailler le mode d'emploi d'un lit vibrant sud-coréen. « Tu veux du sud-coréen, oncle Philippe, m'écrit cet auditeur, eh bien, j'en ai. » Et, joignant le geste à la parole, il m'envoie un prospectus en provenance de Séoul et vantant les mérites d'un condiment fabriqué là-bas, mérites exprimés dans l'idée que le traducteur — qui n'était visiblement pas chez lui le jour de la visite du Saint-Esprit — se fait de notre langue.

Ce condiment s'appelle « condiment natural » et voici ce qu'en dit son inventeur et vendeur :

« Cet invention est sur le condiment natural et cette manière de fabrication non seulement pour contribuer à être agréable la vie de l'alimentation par augmenter le goût natural de la viande et du poisson, en améliorer la qualité, en revivre l'odeur et le fumet, mais aussi pour aider être bonne santé du peuple spécialement par éliminer les fumée à cause de rôtir de la viande, freiner l'absorption du cholestérine à cause de décomposer la graisse.

« Caractéristiques (Advantages) :

« ⋆ Ce fait éliminer l'odeur mauvaise de la viande et du poisson, augmenter le goût et fumet, éliminer la fumée en train de cuisiner (le bœuf, porc, poulet, mouton, dindon, anguille, saumon, ombrine, maquereau).

« ⋆ Ce fait changer toute sorte du riz au bon riz cuit qui est doux, bon gout, non-odeur.

« ⋆ C'est fabriqué par le condiment natural 100 %, ce fait le rôle de l'antisepsie par l'action d'anti-oxydant, ce fait conserver d'être bonne santé de l'hommes par prévenir l'intoxication due à la nourriture.

« Donc, après manger de la viande et du poisson avec eux, l'on sentit rafraîchissant soi-même par disparaître l'odeur mauvaise. L'on ferra des compliment a l'effet de keu rae mi — le condiment le homme qui crée nouvelle origine de l'odeur.

« ⋆ Ce fait augmenter de l'état de santé du peuple, spécialement prévenir la maladie moderne par l'action de décomposer du suif. »

Je me demande souvent devant vous ce qui cloche

dans l'époque moderne. Ne serait-ce pas en effet qu'on n'y décompose pas suffisamment le suif ?

Je vous souhaite le bonjour.

23 mai 1994

Fécondité de la sociologie

Heureux habitants de la Somme et ensommeillés habitants de l'Eure, j'ai le plaisir de vous annoncer que le congrès annuel de l'Association britannique de sociologie a connu, en 1994, un succès sans comparaison avec celui de 1993. Il faut dire que ce rassemblement avait pour thème l'an passé « La méthodologie dans les sciences sociales », alors que, cette année, les organisateurs ont choisi de débattre de « La sexualité ». Ce sujet a si fort enthousiasmé les sociologues que deux cent cinquante communications ont été présentées à ce congrès qui durait quatre jours, soit soixante-deux communications et demie par vingt-quatre heures. On n'imaginait guère que les sociologues avaient à ce point la sexualité à l'œil, si j'ose dire, et on est enchanté de constater à quel niveau de détail descendent leurs investigations. Un chercheur de Plymouth a exposé ses travaux sur — je cite — : « la construction sociale de la sexualité féminine dans un magasin de lingerie ». L'essentiel de son étude porte — je re-cite —, sur « la manière dont s'exerce la censure sociale dans la disposition et la présentation des articles de lingerie sur les mannequins de vitrine ». Fin de citation. Une autre savante observatrice a installé des caméras dans un cabinet de consultation d'une maternité et a constaté, je re-re-cite, « que les femmes, après s'être déshabillées, éprouvaient une réelle difficulté à s'exprimer ». Elle a donc recommandé que médecins et sages-femmes les interrogent avant ou après l'examen médical. Toutefois, pour affiner ses conclusions, cette chercheuse a indiqué qu'elle avait obtenu un crédit supplémentaire afin d'embaucher vingt étudiants et de les pourvoir en caméras-vidéo et en ordinateurs.

Plusieurs autres recherches ont retenu l'attention des congressistes. L'une — et que je sois changé en derviche tourneur si j'invente —, l'une sur « Les conséquences du port de la minijupe sur les attentes morales au Zimbabwe », une autre sur « La dénomination par les enfants de leurs parties génitales », forte de cent six entretiens avec des directrices de maternelle, une troisième sur « La technologisation du sexe et la fin de l'orgasme », une quatrième ayant pour thème « Le sexe dans les toilettes publiques ».

L'un de mes confrères britanniques qui a, comme nous disons dans notre jargon, « couvert » ce congrès, conclut son article par cette phrase : « Il ne semble donc pas que la sociologie soit, au Royaume-Uni, la science des urgences sociales. »

Je vous souhaite le bonjour.
Nous vivons une époque moderne.

24 mai 1994

Majesté de l'hexagon

Heureux habitants de la Moselle et des autres départements français, qui pourrait se lasser de contempler les merveilles que font pour notre bien-être les spécialistes de la communication ? Et combien sont justifiées les louanges que je ne cesse de répandre à leur propos et l'écho que je donne à leurs initiatives ! Ainsi j'ai sous les yeux un document élaboré pour une grande ville de province, soucieuse d'une réputation qu'elle juge peu alléchante et désireuse d'y remédier afin d'attirer vers elle des entreprises, sources d'emplois, et des visiteurs sources de revenus.

« Notre ville et son agglomération souffrent d'une image à la fois vague et peu attirante, ce qui rend difficile une politique de développement. » Cette phrase n'est pas ce que je lis dans le document rédigé par les communicateurs, mais ce que je traduis de leur premier paragraphe qui dit :

« À ce jour, notre espace ne dispose pas d'un corpus de mots et d'images communs à tous les partenaires et qui soit satisfaisant pour affirmer son identité, sa différence, et s'engager dans une politique durable de promotion et de valorisation. À défaut de ce référent, la dispersion des efforts accomplis affaiblit leur productivité face aux efforts des régions et des espaces concurrents. » (Tirez votre chapeau à des gens capables de remarquer que les espaces font des efforts.)

À partir de ce constat, les communicateurs ont effectué une enquête auprès des responsables économiques locaux, afin de savoir quelles caractéristiques de leur cité ils mettraient en avant pour en améliorer l'image. Enfin, je veux dire que, je cite : « Le développement des dispositifs de détection et d'accompagnement des projets économiques faisant apparaître le besoin d'outils nouveaux de présentation des valeurs du site, nous nous sommes fixé pour objectifs de transformer une multitude de jugements ou d'appréciations en un système de valeurs partagées. » « Système de valeurs partagées » écrit en majuscules.

Les communicateurs souhaitent organiser une réunion de présentation de ce premier travail. C'est-à-dire qu'ils — je cite — « ont atteint une première étape qui motive une rencontre de restitution ». Ajoutons pour finir en beauté que « cette rencontre se déroulera à l'occasion d'un buffet donnant à cette initiative une dimension conviviale ». Dans quelle obscurité ont vécu nos pères qui ignoraient, quand ils passaient à table, qu'il leur aurait fallu songer auparavant à la dimension conviviale de leurs ripailles !

Je vous souhaite le bonjour.
Nous vivons une époque moderne.

25 mai 1994

Travail social

Heureux habitants de la Lozère et des autres départements français, on a beau suggérer que les Anglais ne sont point faits du même métal que les autres et que leurs coutumes ne sont en rien comparables aux nôtres, ils n'en pratiquent pas moins le harcèlement sexuel et même entre personnes du sexe opposé. Je n'en veux pour preuve que le procès actuellement jugé à Londres entre un homme et trois femmes. C'est un procès à multiples entrées. M. A, en effet, entend obtenir la condamnation de Mme B, qui, dit-il, lui a mené pendant huit mois une vie d'enfer, cherchant à obtenir de lui les faveurs les plus définitives. Mme B nie tout en bloc et invoque le témoignage et même les plaintes déposées contre M. A par Mme C et Mme D, que M. A aurait à de multiples reprises importunées de ses assiduités. « Donnez à la cour un exemple de ces assiduités », intime le juge à la plaignante Mme C. « Votre Seigneurie, nous sommes tous collègues de bureau, M. A, Mme B et Mme D. Nous avons organisé une fête pour Noël et M. A m'attendait à la sortie des toilettes pour me réclamer un baiser. » « Ce n'est peut-être pas très grave », a hasardé le juge. « Mais, Votre Seigneurie, une semaine plus tard, nous avons donné une fête pour l'année nouvelle et M. A a recommencé. D'ailleurs, il est connu pour ses gestes obscènes, demandez à Mme D. » Et Mme D de surenchérir : « Votre Seigneurie, à l'occasion d'une autre fête que nous avons donnée au bureau, M. A est monté sur une table et a baissé son pantalon et son caleçon. » « Cela est-il exact, monsieur A ? », s'est enquis le juge courroucé. « Oui, Votre Seigneurie, mais c'est parce que mes collègues avaient parié que mon pénis était d'une taille ridicule. Évidemment, c'était à l'instigation de Mme B que ses amies Mmes C et D tentent d'aider aujourd'hui mais qui, à l'occasion d'une réception précédente, s'était enfermée avec moi dans mon bureau et m'avait montré les intimités de son académie... »

Ah ! J'ai oublié de vous préciser que l'organisme qui donne autant de réceptions (et aussi animées !) et pour lequel travaillent Mmes B, C et D et M. A n'est autre que le Département d'aide publique à l'enfance.

Je vous souhaite le bonjour.
Nous vivons une époque moderne.

26 mai 1994

Génie administratif

Heureux habitants de l'Aisne et des autres départements français, en France, quand il n'y a plus de sujet à la conversation, il en reste tout de même encore un, le déficit de la Sécurité sociale. Pas d'année sans que l'on se penche sur lui, qu'on le dissèque, qu'on annonce qu'il va devenir insupportable et que des mesures vont être prises. Pas d'année sans que l'Inspection générale des affaires sociales ne pourfende tel ou tel aspect de la mauvaise gestion de la Sécu.

Cette année, le mois dernier, même, ladite inspection a tenu à souligner les imperfections et même les injustices des contrôles de versement des cotisations à l'U.R.S.S.A.F.

La grande majorité de ces contrôles serait effectuée auprès des petits employeurs : entre 1988 et 1992, 75 % de ces vérifications auraient été effectuées auprès d'employeurs de moins de dix personnes et seulement 1,2 % auprès d'entreprises comportant plus de quatre cents salariés.

Méditant sur cette traduction contemporaine du vers de La Fontaine « Selon que vous serez puissant ou misérable... », un auditeur de France Inter employant une demi-personne, je veux dire une personne à mi-temps, se félicitait d'avoir toujours ponctuellement versé les cotisations dues. Las, il péchait par optimisme. Le calcul de sa contribution dernière était erroné. Au lieu de 943 francs qu'il avait envoyés à l'U.R.S.S.A.F., c'est 944 qu'il convenait de régler. Cela n'échappa point à l'œil du comptable chargé du recouvrement qui dépensa incontinent 2,80 francs de timbre pour lui réclamer le franc manquant et, afin d'arrêter ce cotisant sur la pente glissante et fatale de la fraude, lui fixa une pénalité de 50 francs et une majoration de retard de 94 autres francs, soit, au total, une somme cent quarante-quatre fois supérieure à celle que la caisse estimait ne pas lui avoir été versée et qui, rappelons-le, se montait à un franc.

Le contrevenant, se jugeant de bonne foi, a fait appel à la commission de recours gracieux de l'U.R.S.S.A.F. Cette affaire va donc mobiliser le temps de quelques personnes, temps qui leur est évidemment rémunéré. Le moment me paraît venu de citer le regretté Henri Béraud qui écrivait : « C'est dans certaines administrations qu'on voit le mieux ce qu'il en coûte de faire envie à ceux qui font pitié. »

Je vous souhaite le bonjour.
Nous vivons une époque moderne.

27 mai 1994

Pédagogie

Heureux habitants de la Corse-du-Sud et des autres départements français, périodiquement, certains amis des animaux s'étendent et s'enflent et se travaillent pour nous persuader que nos frères inférieurs sont traités indignement, bien que, dans notre pays, on dépense infiniment plus d'argent pour leur nourriture que pour venir en aide aux Rwandais, par exemple. Il est vrai que les Rwandais ne sont guère que des nègres, alors que les animaux sont le compagnon de l'homme.

Pour nous convaincre de notre culpabilité collective, quelques-uns des amis des bêtes ont placé leur bannière derrière celle de Mlle Bardot. Cela n'a eu d'effets que limités. Certes, Mlle Bardot est assez notoire pour passer à la télévision dès qu'elle le souhaite, mais il y a dans son maintien comme dans ses propos un je-ne-sais-quoi d'aigre, d'acrimonieux et d'acerbe qui dissuade d'accorder son cœur à cette ancienne pécheresse cinématographique reconvertie en prêcheresse télévisuelle.

Aussi, parmi les défenseurs des bêtes, une association s'est créée qui pense avoir trouvé le moyen imparable de nous convaincre. « Quand un être humain meurt, explique cette association, son corps devient substance nourricière et est transformé en gaz, humus, champignons, vers, insectes, etc., passant ainsi de l'état humain à d'autres états, gazeux, minéral, végétal (et même) animal. » « Les êtres humains d'aujourd'hui descendront donc des animaux », poursuit cette association en un raccourci saisissant et, si vous ne voulez pas vous-mêmes vous retrouver dans la peau d'un veau en élevage concentrationnaire, d'un poisson d'aquarium, d'une oie gavée, d'un ver de terre accroché vivant à un hameçon, d'un chien abandonné sur un parking ou d'un rat de laboratoire, exigez dès maintenant que la loi interdise de telles situations.

J'ignore si les membres de cette association sont de bons connaisseurs des animaux, je doute que Mlle Martin devienne un jour une poissonne d'aquarium et que je finisse moi-même au bout d'un hameçon, mais il faut reconnaître que d'essayer d'intéresser l'homme à une cause en lui donnant à penser que ce sera bientôt la sienne, voilà ce qui s'appelle savoir à qui on a affaire.

Je vous souhaite le bonjour.
Nous vivons une époque moderne.

30 mai 1994

Élégances

Heureux habitants de l'Yonne et des autres départements français, s'il est des radios où des animateurs grivois posent à des jeunes gens incertains des questions graveleuses sur leur intimité acnéique, tel n'est pas le cas de la nôtre qui, comme on le sait depuis quelques années, ne s'intéresse qu'à ce que ses auditeurs ont entre les oreilles.

Vous ne serez donc pas étonnés que je consacre ma causerie de ce matin à vous signaler la parution aux éditions Payot d'un livre de Mme Christine Géricot intitulé *Le savoir-vivre aujourd'hui*. Voilà un ouvrage que l'on peut — que dis-je que l'on peut, que l'on doit — mettre entre toutes les mains. Il aborde, dans un esprit résolument progressiste mais raisonnablement traditionnel, des questions qui méritent d'être posées et qui d'ailleurs vous tourmentent comme — je cite — : « Ma fille vit avec son ami depuis deux ans. Ils veulent se marier. Est-il de bon ton de faire des fiançailles ? » Ou encore : « À quelques jours de notre mariage, nous avons pris la décision de rompre. Que faut-il faire ? » Ou bien : « Y a-t-il un "jour chic" pour se marier ? » (Ne dites pas que j'ai vendu la mèche, mais c'est le vendredi.) La partie la plus copieuse de ce manuel de savoir-vivre est consacrée aux déjeuners, dîners et autres réceptions : « Peut-on mettre indistinctement des sets ou une nappe ? » « J'ai de très jolis porte-couteaux. Puis-je les utiliser lorsque je reçois ? » (Entre amis seulement.) « Doit-on mettre de l'eau à table ? » (Et pourquoi pas du vin dans les lavabos ?) « Y a-t-il des sujets qu'il ne faut pas aborder à table ? » « Lever le petit doigt pour boire est-ce élégant ? » « Puis-je boire l'eau des huîtres ? » (Oui, mais pas manger leur coquille.) « Que faire en cas d'absence de couverts à poisson ? » « Quels sont les bruits et les gestes à éviter à table ? » (Rassurez-vous, leur énumération est très décente.) Voilà quelques-uns des thèmes qui vous tourmentent et que le livre de Mme Géricot éclaire d'une lumière que je qualifierai d'halogène.

Je note à la page 166 qu'à la question : « Une femme peut-elle apporter des fleurs à un homme ? », Mme Géricot répond résolument oui et ajoute : « Évitez quand même les roses rouges et les gerbes volumineuses. » Mademoiselle Martin, voulez-vous remporter votre gerbe, mon petit ?

Je vous souhaite le bonjour.
Nous vivons une époque moderne.

3 juin 1994

Élévation due à l'acronyme

Heureux habitants des Landes et des autres départements français, il y a peu, je vous entretenais d'un stage de formation pour secrétaires qui prétendait les guérir de la lifophilie. Ignorant ce que peut bien chérir un lifophile, je formai l'hypothèse que « lifo » venait de l'anglais *life* et, partant, qu'un lifophile était un épicurien, mot dont je rappelai qu'il ne désigne point une maladie et donc qu'il n'y a pas lieu d'en guérir les secrétaires ni d'ailleurs quiconque.

À peine avais-je reposé ma langue dans son logement habituel qu'un flot de lettres émanant d'auditeurs sachant auditer venait, par dizaines, couvrir mon bureau et mon ignorance d'affectueuses moqueries : « Ô oncle Philippe, âne entre les ânes, me susurraient ces missives, tu ignores donc la science informatique au point de n'avoir jamais ouï dire que lifo n'est pas un préfixe banal mais un acronyme, un sigle prononcé comme un mot ordinaire et que L.I.F.O. signifie *Last in first out*, c'est-à-dire : « Dernier entré premier sorti ». Comprends donc qu'une secrétaire lifophile est affectée d'un vice qui consiste à laisser s'accumuler les dossiers, de telle sorte que les plus anciens, coincés au bas de la pile, sont traités en dernier. On oppose la lifophilie à la fifophilie, poursuivent mes savants correspondants, de l'acronyme F.I.F.O., qui signifie *First in first out*, autrement dit : « Premier arrivé, premier sorti ».

Remarquons — afin que M. Toubon nous passe bientôt autour du cou la décoration que M. Lang accorda à Sylvester Stallone — que lifophile peut se dire en français désorganisé, écervelé, paresseux, négligent, voire je-m'en-foutiste, que la lifophilie existe dans nos dictionnaires où elle s'appelle procrastination tandis que le fifophile peut être dit ordonné ou méthodique, ou ponctuel ou même zélé et que la fifophilie n'est rien d'autre que de l'ordre ou de la méthode ou même de la rigueur.

Certes, mais ajoutons, dût M. Toubon nous arracher la médaille susdésirée, que si vous dites : « Ma secrétaire est négligente », votre interlocuteur pensera que vous ne savez pas vous entourer. Tandis que lâcher : « Mon assistante est lifophile » ne peut vous valoir que de la sympathie, voire de la considération. Sans compter que de vendre des stages à cinq mille francs les deux jours pour remédier à la désorganisation n'est sûrement pas aussi lucratif que s'il s'agit de lutter contre une maladie dont la désignation a pour elle d'être helléno-américano-informatico-acronymique.

Je vous souhaite le bonjour.
Nous vivons une époque moderne.

8 juin 1994

Déception dans la nature

Heureux habitants du Gard et des autres départements français,

Voici le temps qu'arbres fleurissent.
Bocages feuillus, prés verdissent
Et les oiseaux en leur latin
Doucement chantent au matin.
La joie enflamme l'Univers.

Ainsi versifiait le regretté Chrétien de Troyes (1135-1189) et cet enthousiasme pour le printemps n'a rien perdu de son actualité, comme on dit à la télévision. Nous nous émerveillons nous aussi de voir éclore les bourgeons, butiner les abeilles et voleter les bêtes à bon Dieu... Les bêtes à bon Dieu, tiens, justement, parlons-en de ces bêtes-là. Voilà des générations que les parents habituent les enfants à les chérir et à les admirer. Ô géniteurs inconscients et irresponsables ! Ces coccinelles que vous posez délicatement sur le dos de la main de vos chérubins pour qu'ils s'extasient à leur envol, savez-vous qui elles sont vraiment, ces coccinelles ? Eh non, je le vois bien, vous l'ignorez et il était temps que je vous apporte la lumière de la science, cette science dont les serviteurs les plus zélés ont uni leurs efforts à Cambridge et à Moscou pour percer le mystère de la bête à bon Dieu et, disons-le, lui arracher son masque trompeur. Car la coccinelle est un monstre, mesdames et messieurs. Je le découvre aujourd'hui et il m'en coûte d'attenter à vos images les plus naïves et les plus fraîches, mais comment désigner d'un autre nom que monstre un animal dont les savants nous apprennent, je cite, qu'il est cannibale, obsédé, abandonné à la promiscuité sexuelle et, de surcroît, qu'il est le seul insecte — le seul — à contracter et à transmettre une maladie vénérienne.

Hélas, chers auditeurs, hélas, la coccinelle mange les œufs et les larves nés des amours de ses pareilles. Hélas, elle est si portée sur la chose qu'elle s'y abandonne jusqu'à des trois heures par jour, se laissant même aller à manger en même temps qu'elle fornique. Hélas, cette vie de débauche reçoit de la nature son bien prévisible châtiment et la bête à bon Dieu finit victime de ce que nos anciens appelaient le coup de pied de Vénus !

Les savants russes et les savants britanniques sont formels, et il nous faut regarder les choses en face, la coccinelle est une traînée. Pourvu que le rossignol ne soit pas homosexuel...

Je vous souhaite le bonjour.
Nous vivons une époque moderne.

9 juin 1994

Civilité du Napolitain

Heureux habitants des Bouches-du-Rhône et des autres départements français, nos vieux maîtres ne soutenaient-ils pas que « le bien ne fait pas de bruit et le bruit ne fait pas de bien » ? On voit par là qu'ils vivaient avant que les splendeurs de la communication ne nous fussent révélées et que les responsables de la moindre bonne action n'apprennent à en faire part à l'humanité par le truchement des caméras, le tambourinage des micros et l'occupation des devantures de librairie. « Savoir faire, c'est faire savoir », proclament les maîtres d'aujourd'hui, dont on voit bien qu'ils ont convaincu beaucoup de monde.

Beaucoup de monde, mais pas le monde entier... D'un récent, mais hélas trop bref séjour à Naples, je vous rapporte l'histoire de la coutume du *caffè sospeso*, qui montre que la discrétion a encore des royaumes.

Et quelle est, ô chroniqueur matutinal, cette coutume du *caffè sospeso* ? Elle est simple. Quiconque entre dans un bar à Naples peut demander « un caffè e un sospeso », ce qui se traduit littéralement par « un café et un suspendu ». À celui qui a passé cette commande, le tenancier du bar sert — en tout et pour tout — un café, mais il lui en fait payer deux. Et le suspendu, oncle Philippe, que diable est le suspendu ? Eh bien, le suspendu, c'est le deuxième café qu'a réglé le consommateur et qu'on ne lui a pas servi. « Et qu'advient-il de ce suspendu ? Est-ce un café payé d'avance et que le client a en quelque sorte fait mettre de côté pour sa prochaine visite ? »

Pas tout à fait. C'est un café payé d'avance et qui est mis à la disposition de quiconque se trouve désargenté et désireux cependant de se réconforter d'un expresso. Pour boire ce *sospeso*, ce café suspendu, il suffit de pousser la porte du bar et de demander : « C'è un sospeso ? » (Il y a un suspendu ?) Et, si les clients ont été généreux, le fauché peut déguster son café aux frais d'un homme qu'il ne rencontrera jamais et qui oncques ne lui demandera de porter le fardeau de la reconnaissance... Voulez-vous gager que le café suspendu réveille encore mieux que le café tout court...

Je vous souhaite le bonjour.
Nous vivons une époque moderne.

14 juin 1994

Magnificence du calendrier

Heureux habitants de l'Ariège et des autres départements français, c'est enfin le printemps. L'homme et la femme sont entraînés l'un vers l'autre et aiment à se connaître bibliquement sous la charmille. Vers le mois de mars prochain, ils pourraient bien avoir un petit. Quel prénom lui donner, en un temps où chacun pense absolument nécessaire d'être original, ce qui multiplie le nombre des Jérémie, Jordan, Stephen et autres Jonathan (et je ne parle que des garçons). Soucieux d'être pour ses auditeurs un secours continuel, le chroniqueur matutinal a pensé utile de vous offrir, avec sa causerie de ce matin, une liste de prénoms masculins peu usités, mais qui présentent tous l'avantage de correspondre à des saints du calendrier. Que diriez-vous d'avoir un fils baptisé Canut, du nom d'un roi du Danemark qui mourut en martyr ? Ou Ildefonse, qui confondit les hérétiques ? Ou Polycarpe, que les païens brûlèrent ? Pourquoi pas Jovite dont l'empereur Hadrien fit trancher la tête ? Essayons Corneille, ou Éleuthère ou Pépin : un officier, un évêque et un roi.

Et quelle raison empêcherait votre fils de s'appeler

Porphyre Durand, Simplice Dupont, Aphrodise Boyer, Zénon Duval, Macaire Dumas ou même Herménégilde Martin ? Vous hésitez ? Je vous offre Frumence, Narcisse, Pantaléon, Eusèbe, Symphorien, Épiphane, Authime, Gualbert, Pie, Gervais, Protais, Médard et Zénobe.

Nous espérons une fille, faites-vous valoir. Qu'à cela ne tienne. Voici Pélagie, Symphorose (ah ! Symphorose Martin !), Crescence, Opportune, Apolline, Scholastique, Gudule, Eudoxie, Bibiane, Barbe et même, le croirez-vous, Grotide, Claphire, Godeberte, Brictule, Milburge, Myrope, Guiborage et, Dieu du ciel, est-ce possible, Arabie, car il y a une sainte Arabie...

Ah, quelle joie est la mienne de vous avoir soulagés dans ce difficile exercice qu'est le choix d'un prénom original et comme je me félicite des faire-part que vous m'enverrez dans vingt ans pour me remercier et qui annonceront le mariage de Godeberte Durand avec Épiphane Dubois...

Je vous souhaite le bonjour.
Nous vivons une époque moderne.

15 juin 1994

Nouvelle preuve que Dieu existe

Heureux habitants du Lot et des autres départements français, ce n'est pas pour me vanter mais pas plus tard qu'hier je déambulais dans une rue commerçante de la capitale afin d'y faire l'emplette d'une galette et d'un petit pot de beurre que je comptais aller porter au Chaperon rouge. Cette artère commerçante est réservée aux piétons. Son accès comme sa sortie sont protégés par de lourdes bornes de métal. Toutefois, certains automobilistes — sans doute des riverains — disposent d'une carte magnétique grâce à laquelle les lourdes bornes rentrent dans le sol, le temps que passe leur véhicule.

Hier, justement, l'un de ces détenteurs de carte descendait lentement la rue commerçante. C'était l'heure d'affluence et les chalands occupaient toute la largeur du pavé. La voiture était une grosse allemande, de celles que l'on achète pour que nul n'ignore qu'on est cossu, viril, important et que l'on ne se connaît pas d'autre place que la première. Son conducteur allait au pas avec assez d'ostentation pour que sa faible vitesse puisse passer pour une marque de bonté à l'égard du commun des mortels.

Par sa fenêtre ouverte, il contemplait la foule s'ouvrant devant ses pare-chocs. Nulle agressivité dans son regard. Seulement de la hauteur. Une morgue paisible, ronde, sûre d'elle-même, presque souriante et qui soulignait l'appartenance de l'automobiliste au groupe de ceux qui sont du bon côté du manche. La cohorte des chalands sentait ce sentiment de domination peser sur elle et chacun semblait fuir ce regard supérieur.

Arrivé au bout de la rue, l'homme sortit sa carte magnétique et les lourdes bornes entrèrent dans le sol. Sans rien perdre de sa majesté et sans forcer l'allure, l'automobiliste commença à franchir l'espace ainsi libéré. Soit qu'il le fît trop lentement soit que la mécanique se fût déréglée, les bornes remontèrent des entrailles de la terre alors que la voiture était encore au-dessus d'elles. Elles l'immobilisèrent en la soulevant, les roues avant tournant dans le vide. L'homme coupa le moteur et descendit. Au moment où il mettait pied à terre, le réservoir d'huile de sa voiture, défoncé par l'une des bornes, laissa échapper son contenu. Tandis que le visage de l'homme, hébété, exprimait l'exact contraire de l'arrogance qui, un instant plus tôt, marquait encore ses traits, j'observais la face des passants : on pouvait y lire quelque chose comme le sentiment que Dieu existe selon toute probabilité et qu'au fond c'est plutôt un chic type...

Je vous souhaite le bonjour.
Nous vivons une époque moderne.

17 juin 1994

Voyage à table

Heureux habitants de la Saône-et-Loire et des autres départements français, il s'en trouve sûrement parmi vous qui ne partiront pas en vacances à cause d'une plaie d'argent, par exemple. Soucieux que le service public de la radiophonie leur procure une consolation, le chroniqueur matutinal s'en va leur offrir un voyage. Un voyage immobile, qui, pour 98 francs, peut changer la couleur, l'ambiance et la saveur de ces congés passés à la maison. Les étapes de ce voyage s'appellent Caprices de ricotta, Haricots blancs à l'uccelletto, Raviolis à la crème de noix, Couscous à la mode de Trapani, Gigot d'agneau à la grappa, Spaghetti à la boutaigue, Fleurs de courgettes farcies ou Macaronis aux choux-fleurs... Vous avez compris que le voyage que je vous propose se fait dans un livre et que ce livre est un livre de cuisine et de cuisine italienne. Sous le fier titre *Je mange et j'aime ça*, ma consœur Leda Vigliardi-Pararia a rassemblé pour les Éditions Assouline cent recettes de cette cuisine italienne qui doit tant à l'inventivité, à la patience et à l'affection des « mammas » transalpines... C'est ce qui donne à ces recettes leur aimable simplicité, tandis que la variété des coutumes régionales italiennes leur confère une voluptueuse diversité. Avec quelques tranches de pain de ménage, des tomates bien mûres, de l'huile (d'olive évidemment), de l'ail, du sel et du basilic, il vous faut quelques minutes pour obtenir la savoureuse *bruschetta*. Avec une livre de pois chiches, deux gousses d'ail, un oignon, une feuille de laurier, une branche de céleri, de l'huile et un peu plus de patience, vous vous offrirez un balthazar et, pour que Lucullus dîne chez Lucullus, vous vous serez préparé un dessert charmant avec des écorces d'orange et du sucre...

Il y a gros à parier que la bouteille de vin qui accompagnera ce déjeuner vous coûtera plus cher que le déjeuner lui-même, et qu'au moment du café vous vous demanderez, comme moi, pourquoi l'on n'a pas commencé l'Europe par la gastronomie.

Je vous souhaite le bonjour.
Nous vivons une époque moderne.

20 juin 1994

Raffinement de la cruauté

Heureux habitants du Vaucluse et des autres départements français, ceux d'entre vous qui demeurent en ville ont-ils suffisamment conscience que le progrès ne va pas son chemin uniquement sur le goudron des rues mais aussi par les sentiers de nos campagnes ? Pas plus tard qu'hier, je lisais *Typex*, le magazine international des éleveurs sélectionneurs laitiers dont le numéro 51 consacre une vingtaine de pages aux concours d'animaux et notamment de bovins. J'apprenais ainsi que, en Amérique du Nord, une profession connaît un développement prodigieux, celle des *clippers*. Qu'est-ce que le *clipper* ? C'est un esthéticien pour vache. Esthéticien-capilliculteur serait plus exact. Le *clipper*, en effet, taille le poil de la vache à concours, le nettoie, le lustre, le brosse, le peigne, le fixe au moyen de bombes aérosol, lui applique des teintures, donne à certaines de ses touffes des formes harmonieuses et un dessin avenant avant de signer son œuvre par une touche finale dont il a seul le secret.

Un éleveur québécois, fréquemment juré à des concours de vaches laitières, résume excellemment l'utilité de cette pratique. « Quand l'animal se présente au juge, dit-il, il est un peu dans la situation d'un candidat pendant un entretien d'embauche. Il lui faut séduire et "se vendre". » Soulignons que ce point de vue est vigoureusement approuvé par M. David Dickson, professeur de sciences laitières à l'université de Madison, dans le Wisconsin. « La grande majorité des gagnantes de concours agricoles, déclare cette autorité, sont préparées par des clippers. »

Toutefois, mes confrères observent qu'en Europe, et notamment en France, le recours aux esthéticiens-capilliculteurs pour vaches n'est pas une pratique courante. Ce n'est pas — loin s'en faut — que nos paysans soient hostiles au progrès. C'est qu'ils ont observé que les vaches préparées par des *clippers* en ressentent un traumatisme manifeste. Soyons francs : ce n'est déjà pas gai de finir à l'abattoir, si en plus, et pour reprendre les paroles de l'éleveur québécois, il faut se vendre soi-même...

Je vous souhaite le bonjour.
Nous vivons une époque moderne.

21 juin 1994

Rectification

Heureux habitants des Pyrénées-Orientales et des autres départements français, il y a peu de jours et, je le jure, sans penser à mal, je vous ai communiqué les résultats d'une recherche russo-britannique sur les coccinelles. Il y était démontré que c'est à tort que ces bêtes sont appelées « à bon Dieu » eu égard à leur effrayante ardeur génésique, laquelle les conduit à une pratique compulsive de la copulation, pratique compulsive et sans discernement que vient aggraver une propension ingénue au cannibalisme post-coïtal, tous dérèglements des sens que la nature se plaît à châtier en envoyant à la coccinelle la seule maladie vénérienne observée chez les insectes.

J'ai dit tout à l'heure que c'est sans penser à mal que je vous ai livré cette pénible information. Je n'en ai pas moins reçu une gerbe de lettres où la défense de la bête à bon Dieu est exprimée en des termes toujours vigoureux mais qui tirent leur force des considérations les plus diverses. « Fallait-il une fois de plus nous dire que le Père Noël n'existe pas ? » s'interroge un auditeur auquel fait écho une auditrice qui se plaint que je lui aie ôté, je cite, « l'une de ses dernières illusions, sinon sa dernière ». « Apprendre que les coccinelles ont des mœurs de Messaline et un cœur de pierre, estime un correspondant, c'est vraiment ne plus pouvoir nier que nous vivons dans un monde d'apparences. Et là-dessus, ajoute-t-il, quelques jours plus tard, M. Tapie devient le sauveur de la gauche. »

J'avoue que l'ensemble de cette correspondance m'a ému et m'a conduit à réfléchir sur les écrasantes responsabilités qui sont celles du chroniqueur matutinal. Mais la lettre la plus décisive pour mon examen de conscience émanait d'une dame dont l'écriture laisse penser qu'elle est sur le versant de l'âge et qui porte un joli nom, d'ailleurs à particule. « Monsieur, m'écrit-elle, je ne sais rien de la vie sexuelle des coccinelles qui, à mes yeux, n'a guère d'importance, car elles préservent jardins et fruitiers contre les pucerons et évitent l'emploi de produits toxiques. Veuillez faire une rectification à votre chronique. »

Voilà qui est fait, madame, et de bon cœur.

Je vous souhaite le bonjour.
Nous vivons une époque moderne.

22 juin 1994

Intellectualité nouvelle du sport

Heureux habitants de la Dordogne et des autres départements français, ce n'est pas pour me vanter mais voilà les vacances qui arrivent. Il va falloir songer à occuper les enfants. Les occuper ? Mais à quoi ? Si vous n'y avez pas encore songé, il est naturel que vous vous tourniez vers le chroniqueur matutinal du service public pour recueillir de sa bouche experte les conseils les mieux affûtés. Il ne vous décevra pas.

Supposons que vos enfants sont encore d'âge tendre. Profitez des vacances pour leur faire apprendre quelque chose. Par exemple pour leur permettre de se familiariser avec « une action motrice essentiellement mesurable au regard du temps et de l'espace dans un environnement dont les paramètres stables ou aménagés pour l'être excluent les facteurs aléatoires extérieurs à l'individu, action motrice qui donne lieu à une recherche d'optimisation dans la réalisation et peut être marquée d'un caractère compétitif »...

« Quelle sorte de baragouin nous sers-tu là, chroniqueur indigeste, et qu'est-ce que cette action motrice et Dieu sait quoi que tu nous proposes là ? » Ce n'est rien que la natation en piscine dont je vous ai vanté les mérites, mais en en reprenant mot pour mot la définition donnée par un document officiel établissant le « schéma directeur de programme d'éducation physique et sportive » dont l'objectif — je cite — est de « transmettre les connaissances et les savoirs relatifs aux activités physiques et sportives relevant de pratiques sociales appartenant à un domaine de culture ».

Et ne croyez pas qu'il soit plus simple de jouer au tennis que de nager en piscine car jouer au tennis c'est, je cite, « établir un rapport d'opposition corporelle à autrui de façon médiée » et exécuter un « travail assurant l'ajustement des informations extéroceptives à des enchaînements moteurs dans le but de développer l'adresse ». J'ai dit que c'était là la définition officielle du jeu de tennis ? Pardonnez-moi, j'avais mal lu. C'est la définition officielle et scientifique du tennis. Il n'est pas question de jeu...

Je vous souhaite le bonjour.
Nous vivons une époque moderne.

24 juin 1994

Mœurs hélas perdues

Heureux habitants francophones de l'Helvétie et heureux habitants des départements français, lorsque vous utilisez les transports en commun, vous arrive-t-il de penser à Guillaume Apollinaire ? Rarement. À François Coppée ? Guère davantage. À Rimbaud Arthur ? Pas plus souvent. À Charles Baudelaire ? Pour ainsi dire jamais. À vrai dire, chroniqueur matutinal, quand nous descendons dans les entrailles du métro, il nous arrive de fredonner *Le poinçonneur des Lilas* de feu Serge Gainsbourg, mais nos évocations poétiques ne vont guère au-delà...

Elles vont y aller, au-delà, auditeurs matutinaux, elles vont y aller. Grâce à un ouvrage de M. Bernard Lorraine qui s'intitule *Transports en commun* et que publient les Éditions du Cherche-Midi. M. Bernard Lorraine a rassemblé en un florilège les textes les plus remarquables consacrés aux omnibus, aux coches, aux pataches, aux bus à plate-forme et au métropolitain. Dès 1650, Jean Loret rimaillait les carrosses publics — il faut rappeler qu'on doit leur invention au regretté Blaise Pascal :

L'établissement des carrosses
Tirés par des chevaux non rosses
Mais qui pourront à l'avenir
Le devenir
A commencé aujourd'hui même...

En 1913, Apollinaire chantait les tramways :

Soirs de Paris, ivre du gin
Flambant de l'électricité,
Les tramways, feux verts sur l'échine,
Musiquent au long des portées
De rails leur folie de machines.

En 1951, Pierre Béarn publiait un très bref poème titré « Syntaxe » :

Métro, boulot, bistro, mégots, dodo, zéro !...

Dix-sept ans plus tard, en 1968, réduit à une encore plus simple expression, son poème était devenu slogan. Parmi les textes surprenants recueillis dans *Transports en commun*, on trouve cette lettre de Victor Hugo au directeur de la Compagnie générale des omnibus, écrite le 3 janvier 1878 :

« Monsieur,

« Je fréquente habituellement deux lignes : les tramways de l'Étoile et les omnibus des Batignolles. J'ai ma part des excellents services que rendent au public les conducteurs de ces deux lignes. Je voudrais, à l'occasion du jour de l'an, les remercier. Permettez-moi de leur offrir une somme de cinq cents francs [c'étaient des francs-or]. [...] Ce n'est rien comme offrande, c'est peut-être quelque chose comme exemple. Je serais charmé d'être imité. Dans tous les cas, je suis heureux de donner une marque de sympathie cordiale à de braves et intelligents travailleurs. »

Je vous souhaite le bonjour.
Nous vivons une époque moderne.

27 juin 1994

Non-intelligence

Heureux habitants de l'Hérault et des autres départements français, le souci écologique connaît, de par le monde, une fortune ascendante et chacun, individu ou entreprise, est incité à prendre soin de la planète. Là où, naguère, on jetait sans doute inconsidérément, on sait désormais qu'il vaut mieux recycler et, souvent, on s'y emploie. C'est le cas dans l'administration étatsunienne, notamment en ce qui concerne le papier usagé. Les employés chargés du nettoyage des bureaux ont donc été avertis d'avoir à récupérer ledit papier dans les corbeilles, et après avoir mis à part le papier blanc qui peut être traité et recyclé directement tandis que le papier coloré doit subir une opération particulière.

Deux employés chargés du nettoyage dans l'une de ces administrations étatsuniennes, celle chargée des mers et des océans, ont eu une idée simple. Pour gagner du temps et nous épargner de la fatigue, ont-ils pensé, plutôt que de trier nous-mêmes le papier jeté dans les corbeilles, pourquoi ne pas disposer deux corbeilles dans chaque bureau, l'une étant réservée au papier blanc ? Ainsi firent-ils et disposèrent-ils sur leur territoire des paires de corbeilles à papier, les unes portant un écriteau « white paper », papier blanc, et l'autre « coloured paper », papier de couleur. Cela leur a valu de recevoir un blâme. On ne doit plus en effet aux États-Unis utiliser l'expression « de couleur » sous peine d'être accusé de mépris raciste. Ou, dans le cas de nos deux employés, de *racial insensitivity*, c'est-à-dire d'insensibilité raciale. Ajoutons que les deux délinquants ont été envoyés suivre un stage de sensibilisation au racisme. Enfin, pour faire bon poids, le principe de la double corbeille à papiers a été retenu par l'administration, mais les écriteaux ont été modifiés. L'une des corbeilles est toujours réservée au papier blanc, « white paper », mais l'autre est désormais destinée au papier non blanc, « non white paper ».

La difficulté, avec ce flot grandissant de manifestations de sottise en provenance des États-Unis, c'est qu'avant de vous en faire part, le chroniqueur matutinal, pensif, se demande si vous les croirez. Et pourtant, elles sont rigoureusement conformes à la vérité car

Nous vivons une époque moderne.
Je vous souhaite le bonjour.

28 juin 1994

Tensions locales

Heureux habitants de la Drôme et des autres départements français, je peux bien vous le dire maintenant que cette affaire a trouvé une heureuse conclusion, mais, dimanche dernier, le concours de pétanque organisé par l'Oasis-Pétan-Club d'Aubin a bien failli ne pas avoir lieu. Reprenons l'affaire à son origine. Le charmant bourg d'Aubin est situé dans l'Aveyron dont je salue les heureux habitants. Son Oasis-Pétan-Club a sollicité par écrit du maire du charmant bourg voisin de Viriez l'autorisation de tenir sa compétition annuelle sur le parking du stade. Demande de pure forme, pensait le président de l'Oasis-Pétan-Club : dimanche dernier il n'y avait pas de match et le parking du stade n'offrait-il pas aux boulistes une surface idéale, plane, vaste et même partiellement ombragée ?

Hélas, à quelques jours du rassemblement bouliste, le président de l'Oasis-Pétan-Club recevait du maire de Viriez la missive suivante : « J'ai le regret de vous informer que je ne peux donner une suite favorable à votre correspondance en vue d'organiser un concours de pétanque et ce à cause de la pollution causée par la poussière des boules retombant sur le sol. » Surpris que leur sport puisse être tenu pour responsable d'une calamité écologique, les pétanqueurs d'Aubin ont demandé une explication au maire de Viriez. Celui-ci leur a répondu en faisant référence à des informations mensongères selon lesquelles le territoire de sa commune serait recouvert de poussière de cadmium. Cette calomnie étant, selon le premier magistrat de Viriez, répandue par des écologistes et des communistes de la commune d'Aubin, il n'avait pas trouvé d'autre solution pour en souligner l'absurdité que d'interdire aux boulistes d'Aubin de venir exercer leur adresse sur le territoire de Viriez en prenant prétexte des nuages de poussière de cadmium que provoquerait l'incessante chute de leurs boules. Sans compter le cochonnet. Et le maire de Viriez de conclure : « Nous, à Viriez, nous nous préoccupons uniquement de nous. Que tous les Aubinois se contentent de s'occuper d'Aubin, mais s'ils veulent la guerre, ils l'auront. »

Fort heureusement, l'Oasis-Pétan-Club a trouvé in extremis un terrain convenable dans sa commune. Le concours a donc eu lieu dimanche et la guerre Viriez-Aubin n'a pas été déclenchée. C'est heureux car, ces temps-ci, la Forpronu ne sait plus où donner de la tête.

Je vous souhaite le bonjour.
Nous vivons une époque moderne.

29 juin 1994

Progrès de la compréhension entre les hommes

Heureux habitants du Val-de-Marne et des autres départements français, c'était prévisible et pourtant je n'y avais pas pensé, ni vous non plus, je gage, et sans vouloir vous offenser. De quoi s'agit-il ? Certains groupes sociaux ont fait valoir, au cours de ces dernières trente années, qu'ils étaient victimes de préjugés voire, pis, de discrimination. Ainsi en fut-il des homosexuels hommes et femmes dont les mouvements se sont développés en maints endroits du globe et notamment aux États-Unis. L'une de leurs premières revendications aura été de faire admettre que leur préférence sexuelle ne constituait ni une maladie ni le symptôme d'une maladie. Ils et elles ont obtenu gain de cause. Fin de l'histoire. Nous vivons une époque moderne et je vous souhaite... Je ne vous le souhaite pas encore car cela se complique... Des personnes, mâles ou femelles, se présentent aujourd'hui à des psychiatres en leur demandant de les aider à changer leur orientation sexuelle et à passer de l'homo à l'hétérosexualité. Une telle demande est inacceptable, affirment aujourd'hui des activistes gays étatsuniens. Qu'un psychiatre puisse envisager d'aider un homo à devenir hétéro, c'est reconnaître que l'homosexualité est une maladie. Et les mêmes activistes exigent de l'Association des psychiatres américains qu'elle enjoigne à ses membres de refuser de telles demandes. Pas du tout, répond un autre activiste, et même au contraire ! Anthony Falzarano est un ex-homosexuel devenu hétéro. Il prétend avoir eu quatre cents amants en neuf ans jusqu'à la réussite de sa psychothérapie qui a fait de lui un hétérosexuel exclusif et même un pasteur de son Église. Il a créé le mouvement Transformation, ce qui ne doit sous aucun prétexte être traduit par « transformisme ». Ce mouvement a organisé plusieurs manifestations autour du siège de l'Association américaine de psychiatrie pour l'exhorter à ne pas céder et à laisser ses membres soigner des homosexuels désireux de changer d'air et de voir du pays. Les durs du mouvement gay ont à leur tour organisé des manifestations dans le but inverse. Un porte-parole de l'Association des psychiatres a tenté de contenter chacun en proposant que son mouvement :

1. réaffirme solennellement que l'homosexualité n'est pas une maladie ;

2. assure que les homosexuels désireux de changer d'habitude trouveront chez les psychiatres un accueil bienveillant.

Ce mi-chèvre mi-chou n'a satisfait personne, on s'en doute. Je me demande s'il ne serait pas plus sain pour l'Association des psychiatres d'adopter une motion plus laconique. Elle dirait : « La vie est énormément compliquée. Laissez-vous vivre les uns les autres. »

Je vous souhaite le bonjour.
Nous vivons une époque moderne.

30 juin 1994

Mauvaises pensées

Heureux habitants de la Manche et des autres départements français, voici venir la fin de l'année laborieuse. Or, qui dit fin d'année dit bilan. C'est pourquoi je voudrais esquisser devant vous le tableau des sujets — je veux dire des sujets de mécontentement — que votre prolifique et bienvenu courrier m'a suggéré de traiter depuis le dernier mois de septembre.

Vient en tête la S.N.C.F. : recordman de vos fureurs, cible première de vos lazzis et surtout mère nourricière de vos déceptions car ce sont des lettres d'amoureux déçus, voire trahis que celles que vous écrivez à propos de nos chemins de fer, dont vous ne vous consolez pas de constater à quelle vitesse ils s'éloignent des préoccupations de leurs usagers. Quoique avec l'âge un peu de sagesse soit venue à Socrate, il y aurait de quoi tenir une chronique pluri-hebdomadaire avec les récits que vous me faites parvenir et qui vont du cas du voyageur dont on refuse que la bicyclette emprunte le même train que lui à celui de la réservation dans un wagon qui n'existe pas en passant par les machines à délivrer les billets qui, montre en main, mettent trois fois et demie plus de temps à vendre un titre de transport que n'importe quel employé de guichet, sans compter celles qui avalent votre carte bancaire et ne la régurgitent jamais.

Après la S.N.C.F., et pas très loin derrière, c'est un autre service public, celui de l'Éducation, qui fait le fonds et souvent les frais de votre courrier. On assiste d'ailleurs à un remarquable front commun des parents d'élèves et des enseignants contre la technostructure du ministère, celle qui concocte les réformes, ourdit les programmes, goupille les formations et mitonne les filières. À vrai dire, les plus fâchés contre l'enseignement sont même les enseignants, fatigués de la logomachie pédagogique qui leur tombe sur la tête et qui semble issue du cerveau de quelque docteur Folamour. Ainsi un instituteur m'envoie-t-il cette présentation d'une conférence donnée le mois dernier aux étudiants d'un I.U.F.M. (institut universitaire de formation des maîtres), anciennement école normale d'instituteurs. Le titre déjà est prometteur : « Les anomalies dans la planification et dans les enchaînements argumentatifs. » De quoi s'agit-il ? Voici : « Les incohérences logico-argumentatives font partie des malformations textuelles couramment relevées par les enseignants de langue écrite. [...] Ces "erreurs" sont solidaires de multiples paramètres externes à la fois énonciatifs, interactifs, cognitifs et socio-culturels. Il s'agit d'esquisser une typologie des incidents qui peuvent naître aussi bien dans la planification macro-textuelle que dans les enchaînements locaux. »

Mon correspondant ne s'attarde pas à souligner

qu'on peut s'inquiéter de voir une langue enseignée par des gens qui la barbarisent, la solicisent et la martyrisent à ce point. Il entend plutôt utiliser mon truchement pour s'adresser à ceux qui se gobergent de ces mots gonflés comme des baudruches. « Dites-leur juste une chose, suggère cet instituteur, nous ne sommes pas dupes. » Avec plaisir.

Je vous souhaite le bonjour.
Nous vivons une époque moderne.

1er juillet 1994

Spirituel cocu

Heureux habitants du Territoire-de-Belfort et des autres départements français, cela devait arriver : les progrès du progrès sont irrésistibles et l'électronique est déjà si importante dans notre vie quotidienne et à notre foyer qu'il n'est guère étonnant qu'après avoir transformé la vie du mari comme celle de la femme, elle en soit venue à modifier la condition du cocu. Un habitant de Florence prénommé Roberto suspectait fort que cet état était le sien. Sa femme, la belle Isabella, rendait — croyait-il savoir — de multiples visites à un avocat à des heures et à une fréquence qui laissaient entendre qu'il ne s'agissait pas pour eux d'étudier le mode de règlement des conflits entre juridiction judiciaire et juridiction administrative, pas plus que la détermination des droits de pacage ou l'établissement du préciput. Cependant, ils déjouaient toute surveillance. Afin d'être certain de son infortune — car l'homme est un étrange animal qui tient à ne pas ignorer son malheur —, Roberto truffa son appartement de micros et installa un système d'écoute sur sa propre ligne téléphonique. Ce fut ce dernier moyen qui lui apporta la preuve décisive que son front était orné des plus beaux bois. Les mots tendres, les expressions crues et les rendez-vous polissons échangés par Isabella et son amant furent enregistrés par Roberto qui les porta à un juge afin de faire constater l'adultère à son profit — si j'ose dire. Le premier juge acquiesça à la demande du cocu. Le juge d'appel partagea son avis. L'amant-avocat d'Isabella porta l'affaire en Cour de cassation, arguant qu'il y avait viol de correspondance. Roberto fit plaider : 1. qu'il n'avait pas pu violer une correspondance en mettant sur écoute une ligne téléphonique dont l'abonnement était à son seul nom. La Cour de cassation n'a pas retenu l'argument, considérant que tous ceux qui utilisaient le téléphone de Roberto avaient droit au secret. Soit, a fait répondre Roberto, mais, 2. puisque je n'avais pas d'autres moyens de prouver l'adultère, je me trouvais en état de légitime défense, légitime défense de mon droit à la fidélité conjugale. Ce droit existe bien, a répondu la Cour de cassation, mais la notion de légitime défense est ici invoquée à tort car il n'y a légitime défense qu'au moment même où le délit est commis et lorsque la victime se trouve directement et personnellement mêlée à la commission dudit délit susdit. Et, ce disant, les vénérables magistrats ont donné raison à l'amant et à la femme, estimant que l'adultère n'était point juridiquement établi. C'est alors que Roberto a eu ce mot sublime en montrant l'amant de sa femme : « Et alors, si je ne suis pas cocu, qui c'est, lui ? Mon adjoint ? »

Je vous souhaite le bonjour.
Nous vivons une époque moderne.

4 juillet 1994

Usage de faux

Heureux habitants de la Vienne et des autres départements français, puisqu'il paraît que les mœurs américaines deviennent tôt ou tard les nôtres, il me semble de mon devoir de vous avertir du succès que connaît aux États-Unis un jeu de société, le jeu du harcèlement sexuel. La version la plus élaborée de ce divertissement se joue à quatre partenaires. Une jeune femme, son père, le jury d'un tribunal et un ou plusieurs psychiatres, psychologues ou soi-disant psychologues. Prenons un exemple. Lorsqu'elle était étudiante, la jeune Holly devint boulimique. À force de manger, de grignoter, de bâfrer, de tortorer et d'engloutir, Holly devint quasiment sphérique et dépassa le quintal. Son vingt-troisième anniversaire ayant sonné, elle se résolut à consulter. À consulter non pas un diététicien mais un psychiatre. « Avez-vous eu des rapports sexuels non désirés avec votre père ? » demanda le psychiatre à Holly. « Seigneur Dieu, non ! » répondit la sphérique jeune femme. « C'est curieux, réagit le médecin, car la plupart du temps la boulimie du jeune adulte est provoquée par un viol incestueux. »

Et il ajouta : « Mais peut-être ce viol dans votre enfance vous a-t-il tellement traumatisée que vous l'avez effacé de votre mémoire. — Mais je n'ai pas été violée par papa, protesta Holly. — C'est ce que nous allons voir, rétorqua le psychiatre. Je suis un spécialiste de la mémoire. » Assisté d'un travailleur social, le bon docteur s'employa donc à extraire des souvenirs de Holly un événement qui ne s'y trouvait pas, utilisant même un produit hypnotique qu'il lui présenta comme un « sérum de vérité ». Au bout de plusieurs mois, leurs efforts furent couronnés de succès et non seulement Holly se souvint que son père avait abusé d'elle mais elle put préciser qu'il n'avait pas cessé de le faire entre son cinquième et son seizième anniversaire. Le comblement de ce gigantesque trou de mémoire conduisit Holly à porter plainte contre son père, lequel perdit successivement son emploi, sa femme et l'affection de ses trois autres filles.

Le père s'est rebellé et a porté plainte à son tour contre les thérapeutes de la mémoire que le tribunal a condamnés comme charlatans à lui payer trois millions de francs de dommages et intérêts. Voilà une histoire bien édifiante, mais que nous parles-tu, oncle Philippe, de jeu de société ? Ne s'agit-il pas d'une simple affaire d'escroquerie un peu plus pittoresque que beaucoup ? Ne croyez pas cela, ô auditeurs débonnaires, cette affaire était le sept millième cas de fausse accusation de viol incestueux enregistré aux États-Unis depuis deux ans. Ma consœur du *New York Times* qui la présente et la commente prétend qu'à Chicago une élève de neuf ans qui venait de recevoir une mauvaise note a offert un dollar à quatre de ses petites copines pour qu'elles témoignent que l'instituteur l'avait entraînée dans un coin sombre. Ce ne doit pas être la première fois : le plus grand syndicat américain d'enseignants a édité une brochure expliquant à ses membres comment se défendre des accusations des enfants. Dommage que le gouvernement étatsunien ait restreint les possibilités d'achat d'armes à feu : cela aurait mis du pittoresque dans la vie des familles et les activités des écoles.

Je vous souhaite le bonjour.
Nous vivons une époque moderne.

5 juillet 1994

Magie des ondes

Heureux habitants des Pyrénées-Atlantiques et des autres départements français, ça n'est pas pour me vanter, mais il a fait sacrément chaud. Cette canicule a suscité, dans le bistrot où sont établis mes quartiers ordinaires, des commentaires dont je ne crains pas de dire que la majorité étaient désapprobateurs. Le gouvernement a même été blâmé. Mes camarades philosophes de comptoir sont en effet tombés d'accord pour constater que, depuis que M. Balladur a été porté sur le pavois, rien n'a été fait — ce qui s'appelle fait — pour raccommoder la couche d'ozone. Pis, même, il faut constater que le trou n'a pu que s'agrandir sous l'effet conjugué de la pollution industrielle et automobile et de l'impéritie coupable d'un gouvernement qui, décidément, ne vaut pas plus cher que ses prédécesseurs... Rentrant chez moi à la fraîche ou à ce qui en tenait lieu, je méditais sur la persistance des explications magiques en matière de météorologie. Aujourd'hui c'est la faute au trou dans la couche d'ozone, hier c'était celle de la bombe atomique... Rentré chez moi, je trouvai dans mon courrier, offerte par un auditeur désireux d'en faire profiter ses semblables, une explication un peu plus ancienne des causes du temps détraqué. Cette explication date d'un peu après la Première Guerre mondiale et elle attribue les désordres météorologiques... à l'émission croissante d'ondes hertziennes, émission liée au développement de la radiophonie. « Comment douter, écrit un savant analyste, des effets provoqués par la circulation dans l'atmosphère, invisibles mais pourtant bien présentes, de ces ondes charriant tantôt les imprécations de la tragédienne et tantôt les mélodies les plus suaves... Comment douter que leur violence ou leur douceur dérange l'ordre naturel des choses et accélère aussi bien l'accumulation de ces nuages dont bientôt sortira la foudre que le zéphyr apaisant qui saura nettoyer le ciel ? »

Eh oui, auditeurs sachant auditer, il y a trois quarts de siècle, on pensait que la radio pouvait faire la pluie comme le beau temps. Si cette aimable croyance avait perduré, la vie du chroniqueur matutinal aurait été un rêve. Les paysans lui auraient envoyé des veaux sur pied et des fruits pulpeux pour qu'il fasse pleuvoir et les citadins des étoffes chatoyantes pour qu'il maintienne le ciel limpide. Hélas, trois fois hélas, nous nous sommes mis à vivre à une époque moderne et il ne reste au chroniqueur que l'espoir d'ensoleiller fugitivement vos petits matins...

Je vous souhaite le bonjour.

6 juillet 1994

Paris sera toujours lui-même

Heureux habitants de l'Indre-et-Loire et des autres départements français, avec les vacances et leurs migrations, voici que nombre de Parisiens deviennent provinciaux, tandis que maints provinciaux se muent en Parisiens. Pour les premiers, cela peut être l'occasion de constater qu'il y a une vie au-delà des boulevards périphériques. Pour les seconds, cela peut permettre de renforcer leur conviction selon laquelle Paris serait décidément la plus belle ville du monde si elle n'était habitée par les Parisiens. À ceux-là, je recommande en guise de guide de voyage la lecture de *Paris le jour, Paris la nuit*, publié dans la fameuse collection bon marché Bouquins. Deux ouvrages sont regroupés dans ce livre, tous deux écrits à la fin du XVIIIe siècle et en partie pendant la Révolution. Le second est *Les nuits de Paris* de Restif de La Bretonne et le premier le *Tableau de Paris* de Louis-Sébastien Mercier. L'un et l'autre sont d'exquises confitures d'observations mitonnées par des piétons dotés d'un regard remarquable. Sont-ils encore d'actualité ? J'en laisse l'auditeur juge à travers un simple passage du *Tableau de Paris* :

« Les légumes, dont la végétation est forcée, contractent presque toujours un goût désagréable, que leur donne ce moyen factice, employé pour leur procurer un accroissement précoce. L'oserai-je dire ? Il en est de même des esprits. On les fume en quelque sorte : c'est-à-dire qu'on les pousse, qu'on les surcharge. On veut voir des petits merveilleux étaler à quinze ans une érudition fastueuse : on croit avoir formé le jugement quand on a chargé la mémoire. Plusieurs pères aveuglés tombent dans cette erreur fatale. Ils voient des dispositions dans leurs enfants, ils ruinent leur santé, pour en faire des savants. Les malheureux prix de l'Université achèvent de tourner la tête à ces pères, qui s'imaginent que c'est là le dernier terme de la gloire, et que l'univers a les yeux fixés sur l'écolier qu'embrasse le premier président. Aussi le Parisien, qui en général a de l'esprit à dix-huit ans, est un homme ordinaire à vingt-cinq ou à trente, parce qu'on a épuisé ce qu'il avait de forces pour l'étude. »

Je vous souhaite le bonjour.
Nous vivons une époque moderne.

8 juillet 1994

Découverte perplexifiante

Heureux habitants du Rhône et des autres départements français, j'ai le plaisir de vous annoncer que deux scientifiques américains viennent de réduire à néant une hypothèse paléo-anthropologique qui diffamait gravement l'espèce à laquelle nous avons le bonheur d'appartenir, celle de l'*homo erectus*. Résumons les faits. On tenait pour vrai, jusqu'à présent, que nos plus lointains ancêtres, à peine dressés sur leurs pattes de derrière, n'avaient rien eu de plus empressé que de massacrer à tour de bras les autres singes afin de leur faire entendre leur supériorité. C'est ainsi que l'on expliquait la disparition de nombreuses races simiesques, rayées de la surface de cette vallée de larmes par les coups de massue et de hache en silex généreusement distribués par nos arrière-grands-parents.

Or voici que la revue du Musée d'histoire naturelle de New York publie un article signé des professeurs Schwartz et Tattersall. Ces deux savants ont découvert au Viêt-nam des restes fossilisés d'*homo erectus* — ou d'*homini erecti* — mêlés à ceux de nombreux singes d'espèces différentes. De cette abondante proximité fossile, les professeurs susmentionnés tirent la réjouissante conclusion qu'il y a deux cent cinquante mille ans, nous vivions en parfaite intelligence avec une grande diversité de primates, y compris des gigantopithèques, bien qu'ils fussent considérablement plus forts que nous, mais nous sûmes sans doute les charmer par notre intelligence, la suavité de nos manières, l'excellence de notre cuisine et l'ingéniosité de notre organisation sociale.

Les professeurs Schwartz et Tattersall nous lavent donc du péché d'impérialisme belliqueux et soutiennent que si les autres singes ont connu un destin moins glorieux que le nôtre, et n'ont su inventer ni la veste à brandebourgs, ni la bombe atomique, ni la tourniquette à faire la vinaigrette, c'est tout simplement que la nature les avait moins bien pourvus que nous et non parce que nous les avons envoyés dans un monde réputé meilleur.

Pour être agréable à entendre, cette information n'en reste pas moins source de perplexité. À jeter un regard même furtif sur la première page de nos journaux, est-il bien assuré que, depuis deux cent cinquante mille ans, le progrès nous ait fait faire des progrès ?

Je vous souhaite le bonjour.
Nous vivons une époque moderne.

13 juillet 1994

L'ordre règne

Heureux habitants de l'Aveyron et des autres départements français, nous revoici, nous revoilà après quelques semaines de canicule et quelques jours de festivités anniversaires. Ce n'est pas pour me vanter mais j'étais dans la rue jeudi soir pour commémorer en amicale compagnie l'effervescence de la libération de Paris dont ceux qui l'ont connue disent que la joie de ces journées et leur fraternelle pagaille restent un souvenir incomparable. Nous n'en dirons pas autant de la pompe organisée place de l'Hôtel-de-Ville et retransmise par la télévision, qui paraissait placée sous la double inspiration d'un maître des cérémonies en vogue à Bucarest à l'époque du génie des Carpates et d'un responsable de la fête des Enfants de Marie au patronage de Saint-Anastase-le-Minuscule au détour des années de grande pieuserie. C'est bien simple, il n'y manquait que la voix d'André Dassary...

Heureusement, il y a eu le feu d'artifice ! Ah, les belles gerbes, les belles vertes, les belles blanches, les ruisselantes fontaines et les bouquets à effets que quand on croit que c'est fini il y a encore des fusées que l'on n'avait pas vues venir et qui lâchent leur bouquet de surprises... Dans la foule, assis, debout, sur le parapet des ponts, au milieu des rues et même sur les réverbères, il n'y eut, pendant ce festival d'habileté pyrotechnique, que de bons enfants battant des mains. Cependant, comme dit le philosophe, tout a une fin dans cette vallée de larmes et il fallut songer à regagner son gîte en fredonnant la chanson de Ferdinand... Dans l'île Saint-Louis, où je me trouvais en compagnie de quelques milliers de badauds, la dispersion qui suivit le feu d'artifice en garda la liesse et la bonne humeur. Jusqu'à ce que ceux qui voulaient traverser la Seine et passer sur la rive droite se heurtent à des uniformes. Il y en avait partout, derrière des barrières métalliques et qui interdisaient la traversée entre le Pont-Neuf et le pont Sully, autant dire entre le Louvre et la Bastille. Pour certains, il allait falloir faire un sacré détour. Justement, au pont Marie, un monsieur largement septuagénaire donnant le bras à une dame de la même farine, monsieur dont la boutonnière était ornée du ruban de la médaille militaire qu'il avait peut-être gagnée dans le quartier il y a un demi-siècle ; un monsieur donc, avisant un capitaine de gendarmerie, demanda poliment, doucement et respectueusement si sa bourgeoise et lui-même ne pourraient pas emprunter le pont pour s'éviter une longue marche. « Négatif », lui répondit l'officier. Alors le septuagénaire sortit de son portefeuille une carte établissant sa qualité d'ancien combattant. Le capitaine la prit, la regarda distraitement, la rendit et demanda : « Vous n'avez pas d'invitation ? » Il n'en avait pas. « Alors, si vous n'avez pas d'invitation, vous ne pouvez pas traverser. » Et du geste auguste du mufle en uniforme, il indiqua au couple âgé qu'il pouvait reprendre sa marche.

Ah, les belles fêtes populaires que celles où l'on traverse les ponts « sur invitation »... Et savez-vous pourquoi il était défendu aux piétons de passer sur la rive droite : pour que le président, les ministres, les excellences, les importants et les avec-invitation puissent rentrer chez eux en voiture sans être ralentis par le grouillement de la plèbe ! Il me semblait pourtant avoir vu il n'y a pas longtemps un Premier ministre qui se rendait à pied à son bureau et s'en montrait fort satisfait. J'ai dû rêver, ou c'était dans un autre pays, ou c'était juste pour la télévision.

Je vous souhaite le bonjour.
Nous vivons une époque moderne.

29 août 1994

Abandon contrarié

Heureux habitants des Côtes-d'Armor et des autres départements français, usons encore un peu de la faculté qui nous est donnée d'évoquer les vacances avec un brin de nostalgie. Songeons même que quelques-uns d'entre nous jouissent encore de leurs congés et n'ont pas pris le chemin du retour. Disons-leur amicalement qu'il est temps de s'y préparer. Ont-ils bien pensé à tout ? S'ils ne l'ont pas déjà fait sur le chemin de l'aller, songeront-ils à abandonner leur chien ou leur chat sur un parking d'autoroute ? Savent-ils qu'on peut aussi s'y décharger d'une grand-mère acariâtre ou podagre ? Sont-ils conscients qu'il leur est également loisible de laisser là leurs enfants ? Mais oui, leurs enfants. Cet été, une adolescente a été déposée nuitamment sur une aire de stationnement de l'autoroute du Sud, à Roquemaure, dans le Gard dont je salue les heureux habitants. Ses parents ont déclaré aux gendarmes qu'ils l'avaient égarée et ne s'étaient aperçus de cet égarement qu'une fois arrivés à Rivesaltes dans les Pyrénées-Orientales dont je ne salue pas moins les habitants que j'espère heureux.

À vue de carte, il ne faut pas moins de deux heures d'autoroute pour se rendre de Roquemaure à Rivesaltes si l'on respecte les limitations de vitesse. Deux heures pour s'apercevoir qu'il vous manque une fille, c'est peut-être cela qui a conduit les gendarmes à faire les gros yeux aux parents. Ceux-ci auraient pu répondre que l'exemple leur était venu de haut, je veux dire d'un spécialiste de l'élevage des enfants. En effet, quelque temps auparavant, le peloton autoroutier de la maréchaussée d'Orange avait trouvé sur la bande d'arrêt d'urgence de l'autoroute deux frères âgés de treize et quinze ans. Ils avaient été déposés là par un éducateur spécialisé qui les ramenait — ou peut-être devrais-je dire à la lumière de son comportement, qui les rapportait — d'une colonie de vacances et qui a déclaré qu'il était las de leur incessant chahut qui perturbait tout l'autobus.

On déduira de ces deux faits divers d'été qu'il devient de plus en plus incertain d'abandonner des enfants le long d'une autoroute en raison du zèle des gendarmes. On conseillera à nos auditeurs d'essayer plutôt les routes départementales voire les chemins vicinaux. On apprécierait qu'ils veuillent bien nous écrire pour nous dire s'ils ont suivi cet avis et s'ils en ont tiré toute la satisfaction qu'ils étaient en droit d'attendre d'un service public comme le nôtre.

Je vous souhaite le bonjour.
Nous vivons une époque moderne.

31 août 1994

Temps volé au temps

Heureux habitants de l'Essonne et des autres départements français, cette fin de siècle est technologique et pressée, pressée et technologique. Tous les commerçants de détail vous le diront et tous ceux qui vendent des services abonderont dans le même sens : le chaland ne veut plus attendre, le client ne veut plus faire la queue, le consommateur ne supporte plus les délais de livraison. Un seul mot d'ordre : tout de suite ! Qu'importe que la pizza soit en carton tiède légèrement tomaté : il nous la faut en moins d'une demi-heure. Qu'importe que le hamburger soit un mélange de sciure de bois et d'eczéma de bœuf, nous ne l'attendrons pas au comptoir plus de soixante secondes. Et, pendant que nos mâchoires précipitent cette infamie vers nos estomacs bientôt cancéreux, il faut que le garagiste du coin soit assez véloce pour changer notre pot d'échappement.

Dieu sait pourquoi nous sommes si pressés — peut-être pour pouvoir passer davantage d'heures devant la télévision — mais le marché de la vitesse est l'un de ceux où il y a le plus d'argent à gagner.

C'est de cette constatation que sont partis les propriétaires d'une clinique étatsunienne de la banlieue de Washington, baptisée Institut de génétique de Fairfax. Ces propriétaires ont acheté au vénérable *Times* de Londres un espace publicitaire afin de s'adresser aux milliers de femmes britanniques atteintes de stérilité. « Nous vendons, précise la publicité, nous vendons des ovules. Ils sont immédiatement disponibles. Il n'y a pas de liste d'attente. » Et l'annonce conclut par un tonitruant : « Maternité instantanée garantie. » Voici donc arrivé grâce aux progrès du progrès le premier MacDo de la fécondité. Bien sûr, cela coûte encore un peu cher : environ cent mille francs, voyage aux États-Unis compris car on ne peut pas encore envoyer les ovules par messagerie exprès et il faut donc se rendre à Fairfax pour l'implantation. Étonnons-nous que, moyennant un substantiel supplément de prix, les vendeurs d'ovules n'aient pas pensé à organiser des voyages en Concorde...

Je vous souhaite le bonjour.
Nous vivons une époque moderne.

1er septembre 1994

Médiocrité avérée de Schubert

Heureux habitants de la Haute-Garonne et des autres départements français, il paraît que l'une des caractéristiques de France Inter que ses auditeurs prisent le plus est l'absence de publicité sur nos antennes. Vous avez tort, auditeurs rétifs aux progrès du progrès. Vous avez tort, car la publicité, loin d'être l'enfantine propagande qu'elle fut du temps de la réclame pour la Boldoflorine, la publicité est aujourd'hui devenue rien moins qu'un véhicule de la culture et même de la grande culture. Vous en doutez ? En voici la preuve : dans les bacs de nos disquaires, on présente depuis le milieu de l'été un disque compact intitulé avec une élégance toute contemporaine : *La Pub se la joue classique*, volume 2. Ce florilège reprend dix-sept extraits d'œuvres de grands compositeurs qui ont servi d'illustration sonore à des publicités télévisées et il vient s'ajouter au volume 1, qui comportait seize plages.

De ces trente-trois illustrations sonores, vous vous doutez déjà qu'un musicien sort vainqueur et que ce musicien est Mozart qui s'adjuge 27,4 % des titres utilisés. Il a vendu du riz avec la Reine de la nuit, des pâtes avec *Don Juan*, des voitures avec l'andante du *Concerto en ré mineur* et le Kyrie de sa *Messe en ut*, et même une banque avec la *Petite musique de nuit*. Sacré Mozart ! Mourir couvert de dettes et vendre du plan-épargne en actions avec l'une de ses œuvrettes, ça doit être ce que l'on appelle le génie. Mozart est talonné, pour ne pas dire marqué à la culotte, par Giuseppe Verdi dont la musique, comme les amateurs le savent, possédait toutes les qualités requises pour vendre un blue-jean, un jambon cru et des serviettes hygiéniques. Surtout des serviettes hygiéniques !

Derrière Mozart et Verdi, mais loin derrière, avec seulement 7 % des titres, vient Schubert. Schubert serait-il mauvais vendeur ? Y aurait-il dans sa musique un défaut inaudible à l'oreille humaine que l'organe affûté des illustrateurs sonores de publicité aurait senti, deviné, percé ? Les mélancoliques lieder de l'auteur du *Voyage d'hiver* ont-ils quelque chose qui décourage le pousseur de caddie ou qui détourne son attention ? Toujours est-il que Schubert est tout juste bon à orner la présentation d'un assouplisseur pour le linge et à enjoliver les images d'une tourte aux champignons congelée...

Mozart, Verdi, Schubert : même l'auditeur de mauvaise foi est obligé de reconnaître que j'ai tenu parole et démontré irréfutablement que la publicité fait œuvre culturelle. Adressons cependant un amical reproche aux promoteurs de ces disques. N'auraient-ils pas pu, dans le livret d'accompagnement, nous indiquer quels effets ont eu les œuvres de ces grands artistes sur le consommateur ? Ne nous serait-il pas, en effet, agréable de savoir, en matière de tourte aux champignons congelée, de combien Schubert a augmenté la part de marché sur le segment porteur ? N'en doutons pas, ce sera pour le volume 3.

Je vous souhaite le bonjour.
Nous vivons une époque moderne.

2 septembre 1994

Reprise de la Bastille

Heureux habitants de la Haute-Marne et des autres départements français, le 18 mai dernier, les six syndicats de l'Opéra de Paris donnaient une conférence de presse pour dénoncer (je cite) « la gabegie et le manque de professionnalisme » (fin de citation) de la gestion financière et artistique de cette grande maison au cours des saisons précédentes. Les exemples donnés paraissaient sortir d'un récit de voyage en Absurdie. Tel metteur en scène avait exigé — et obtenu — que le plancher d'un décor soit construit en frêne massif. Tel décorateur avait disposé sur la scène des milliers de cailloux achetés 150 francs le sac. Une production achetée aux États-Unis avait été laissée à quai dans le port du Havre. Pour une autre, celle d'un opéra de Moussorgsky, *La Kovantchina*, il avait fallu payer un dédit de sept millions de francs sans que personne ne comprenne pourquoi les responsables de l'époque avaient choisi d'annuler ce spectacle. Il était impossible, ajoutaient les syndicats, de dresser un inventaire sérieux du matériel et l'on ignorait, à vingt mille unités près, de combien de costumes notre théâtre lyrique national disposait dans ses réserves. En conséquence de ce désordre ruineux, cent vingt personnes devaient être licenciées. On ne se souvient pas que la télévision et les bonnes âmes qui prennent ses images pour argent comptant se soient émues du licenciement de ces cent vingt quidams, ni que les caméras soient venues à la Bastille pour faire connaître leur détresse ou pour donner à voir la gabegie qui en était la cause.

Il en va tout autrement aujourd'hui. Le chef d'orchestre permanent — d'ailleurs de grande qualité — s'oppose à ce que l'on remette l'église au milieu du village et que l'on réintroduise dans la conduite de l'Opéra de Paris la notion de responsabilité artistique et financière. Il ne veut pas gagner seulement trois millions six cent mille francs la saison prochaine puisqu'il a reçu six millions trois cent mille francs la saison dernière. Il n'y a pas de jour que la télévision ne nous invite à nous tordre les mains devant ce drame de la misère. On voit par là les progrès du progrès. Jusqu'à présent, on cherchait à nous émouvoir avec les peines de cœur des princesses, voilà qu'on nous invite à pleurer sur la misère des riches et, qui plus est, à l'emplacement où les sans-culottes acclamaient l'égalité !

Je vous souhaite le bonjour.
Nous vivons une époque moderne.

5 septembre 1994

Mot de la fin

Heureux habitants de Paris et des départements français, voici qu'après le Liban et après la Palestine mais pendant le Rwanda et pendant la Bosnie, l'Irlande entre à son tour à petits pas dans une période qui pourrait précéder le silence des armes, la paix et même, qui sait, la réconciliation entre les communautés catholique et protestante. Bien entendu, cette perspective ne fait pas que des heureux. Elle laisse même inconsolables quelques poignées d'agités qui ne peuvent se résoudre à renoncer au bon temps où l'on pouvait placer dans des pubs des bombes qui exploseraient à l'heure où un public de quidams y regarderaient un match de football, ou tirer à la mitraillette sur une foule accompagnant la victime d'un attentat à sa dernière demeure, papistes et parpaillots mêlés pour exprimer le même hommage, le même salut, la même honte et la même douleur, ou encore à armer des enfants et à leur apprendre à tirer sur des camarades de leur âge, mais vivant du mauvais côté de la rue. La main sur la Bible, l'autre sur la matraque, les extrémistes du pasteur Paisley et ceux de l'I.R.A. jurent que la paix ne vaut rien si elle n'est pas issue d'une victoire par les armes. « L'Irlande est truie qui dévore ses portées », soutenait un écrivain irlandais, James Joyce. Avant lui, l'un de ses compatriotes, Jonathan Swift, écrivait de son peuple : « Nous avons juste assez de religion pour nous haïr, pas assez pour nous aimer. » Un Irlandais contemporain, qui a fui son pays dont il ne supportait plus la folie sanglante, m'a donné hier une recette qu'il croit infaillible pour assurer en Irlande une paix perpétuelle. « Puisque catholiques et protestants sont prêts à se parler, m'a-t-il dit, que l'on réunisse leurs représentants sous l'égide des Nations unies et face aux télévisions du monde entier et qu'on leur fasse signer ce texte très bref : "Nous jurons de ne plus jamais nous battre jusqu'au jour où nous serons capables d'expliquer au reste de la planète pourquoi nous nous sommes battus." »

Je vous souhaite le bonjour.
Nous vivons une époque moderne.

6 septembre 1994

Culturisme

Heureux habitants de l'Oise et des autres départements français, à EuroDisney, le goût du divertissement forain est si poussé que même le cours des actions du parc de loisirs emprunte le circuit des montagnes russes ou du train fantôme. Mise en vente à 80 francs avant l'ouverture, tutoyant la barre des 180 francs après quelques semaines, repassant par la case départ au bout de quelques mois, l'action d'EuroDisney s'offrait ensuite le vertige de la grande pente et descendait à pic jusqu'à un cours de 10 francs. Ce ne pouvait être que pour remonter la grande boucle, pensaient certains penseurs. Point du tout : au début de la semaine dernière, l'action Disney était estimée à 1,60 francs par un analyste financier britannique, en conséquence de quoi elle glissait de 10 à 7,55 francs avant de regrimper à 9,10 francs.

On ne sait pas si les visiteurs du parc s'amusent autant qu'ils le souhaitent, mais les actionnaires, eux, n'ont même pas à quitter leur fauteuil pour connaître le grand frisson. Pour les convaincre qu'EuroDisney ne va pas devenir Picsouland, le P.-D.G. de l'entreprise a déclaré au *Monde*, dont je salue mes heureux confrères, qu'il a amorcé, en matière de gestion, je cite, « une révolution » et « un changement de culture ». Figurez-vous en effet que, jusqu'à présent, et je cite *Le Monde*, « le personnel devait en référer à un superviseur pour offrir à boire à un enfant, les responsables des boutiques ne connaissaient ni leurs coûts de main-d'œuvre ni leur chiffre d'affaires et les hôtels n'étaient pas responsables des notes impayées ». Fin de citation. Des esprits chagrins — vous savez qu'hélas il s'en trouve — vont s'étonner que le gouvernement français ait accordé autant de facilités fiscales ou sociales, voire de subventions en nature, à une affaire aussi curieusement gérée. D'autres, plus chagrins encore, vont remarquer qu'il est étrange qu'une entreprise née aux États-Unis — pays qui est à la gestion ce que le Vatican est à la doctrine catholique — ignore qu'un commerçant a avantage à ne pas ignorer son chiffre d'affaires ou qu'un hôtel a plus ou moins intérêt — plutôt plus que moins — à indiquer à ses clients que le paiement de leur chambre n'est pas facultatif.

Balayons d'un revers de la main ces remarques plaintives. D'abord parce que la « révolution » et le « changement de culture » vont bientôt les rendre caduques, ensuite parce que, si deux et deux font quatre est peut-être la règle de base de tout commerce, le fait de l'avoir si longtemps ignoré prouve bien qu'EuroDisney ne fut pas conçu pour gagner sordidement de l'argent mais bien comme une entreprise généreusement culturelle.

Je vous souhaite le bonjour.
Nous vivons une époque moderne.

7 septembre 1994

Soleil voilé

Heureux habitants des Vosges et des autres départements français, vous avez renoncé à fumer ? Cela ne suffit pas. Vous êtes devenus adversaires des fumeurs ? C'est insuffisant. Si l'on en juge par ce qui se passe aux États-Unis, pays qui exporte son prohibitionnisme avec toute l'énergie dont il est capable, les personnes soucieuses de leur santé et de celle des autres doivent également renoncer à s'exposer au soleil et même empêcher leur prochain d'offrir leur tendre peau à ses rayons. Bien entendu — dois-je rappeler qu'il s'agit des États-Unis ? — une association s'est créée pour lutter contre le soleil. Elle a déjà obtenu que, depuis juin dernier, les principales chaînes de radio et de télévision diffusent quotidiennement un bulletin de dangerosité ultraviolette pour les principales villes du pays. La presse écrite n'a pas voulu être en reste : *USA Today* — le quotidien le plus lu du pays — a publié un supplément dénonçant les méfaits du soleil et conseillant à ses lecteurs de ne plus sortir sans s'être oint la peau qui dépasse de leurs vêtements d'une couche d'écran total et sans se garnir le chef d'un chapeau à larges bords. Le

New York Times a publié en pleine page une photo du soleil avec cette légende, je cite : « À 5 h 25 ce matin, on a vu apparaître le plus dangereux des agents cancérigènes. »

On aurait tort de s'imaginer que les experts sont restés à l'arrière-garde de ce combat contre nous-mêmes et nos peccamineuses habitudes. Ils ont fait savoir qu'en 1994 le nombre d'Américains qui pourraient être atteints d'un mélanome (lequel, par parenthèses, peut parfaitement être bénin) serait plus élevé de 1 500 % qu'en 1935. C'est possible. En 1935, il n'y avait guère de congés payés ni aux États-Unis ni ailleurs et les plages, la montagne et le farniente au soleil étaient fort heureusement réservés à une élite distinguée. N'a-t-on d'ailleurs pas soutenu pendant longtemps que les congés payés étaient la cause directe du désordre économique, de la dégénérescence des mœurs et de la perte du sens du travail bien fait dans la classe ouvrière ? Voilà qu'en plus ils sont responsables de la dégradation de la santé. Il est temps de crier « Halte-là ! » et d'exiger du gouvernement qu'il interdise aux citoyens de sortir les jours où ce cochon de soleil luit. Pour vivre longtemps, une seule solution : l'obscurantisme. Pardon, je voulais dire l'obscurité...

Je vous souhaite le bonjour.
Nous vivons une époque moderne.

8 septembre 1994

Néo-nouveautés

Heureux habitants de l'Orne et des autres départements français, ce n'est pas pour me vanter mais j'ai lu un livre, et même un livre dont je ne crains pas de dire qu'il offre de notre pays une peinture étonnante de perspicacité, d'alacrité, de justesse et de désopilante sagacité. Il est signé de M. Alain Schifres, c'est M. Robert Laffont qui le publie et il s'intitule *Les Hexagons*. Les Hexagons car, comme Alain Schifres le démontre, si notre pays fut jadis la Gaule et naguère la France, il est aujourd'hui l'Hexagone, contrée dont les habitants n'entretiennent plus que des rapports distants avec leurs ancêtres les Français, de même que leur langue, l'hexagonal, fait tranquillement litière de celle qu'écrivait Racine comme de celle que parlait Gavroche. L'Hexagon est entré dans le temps du challenge tandis que le Français vivait à l'époque du panache. L'Hexagon découvre chaque année la montée des nouveaux périls qui lui fait la saison — mais pas plus — tandis que les dangers créaient aux Français de durables soucis, qu'il s'agisse du danger venu de l'Est ou du danger de boire du lait non bouilli. L'Hexagon pratique la synergie là où le Français s'essayait à la coopération. L'Hexagon ne vit plus en province, il habite une euro-cité, voire une cité-carrefour de l'Europe. Il a troqué la langue de bois contre la pléonasmose, qui cède quelquefois le pas au parler faux-dur. L'Hexagon ne manque de rien : il a des déficits comme ses aïeux avaient des billets sous leur matelas. On aurait tort de croire, toutefois, que l'Hexagon est en tout différent du Français. Alain Schifres note avec pertinence que l'Hexagon a par exemple conservé de son ancêtre le Français l'habitude d'écraser les gens aux passages cloutés ou de chasser la palombe ou de pisser dans l'eau des piscines. Bien entendu, M. Schifres détaille toutes ces observations ainsi que mille autres, et plus il les détaille plus il nous tend un miroir hilarant. Il ajoute à ses remarques — dont il nous assure que si elles sont objectives, ce ne peut être que par hasard — un supplément au « dictionnaire des idées reçues » et un almanach où l'on apprend par exemple que septembre est un mois plein de choses rutilantes dont le temps fort s'intitule *Journées du patrimoine*, journées au cours desquelles l'Hexagon peut aller s'exclamer de bonheur en visitant des administrations où il n'entre d'habitude que furibond et plein de mépris. Bref, on voit que M. Schifres atteint à la situation la plus enviée des chroniqueurs, celle où ledit chroniqueur fait songer à Alexandre Vialatte. À vrai dire M. Schifres ne fait pas seulement songer à Vialatte : il le prolonge.

Je vous souhaite le bonjour.
Nous vivons une époque moderne.

9 septembre 1994

Justice

Heureux habitants de la Mayenne et des autres départements français, me sachant un lecteur occasionnel mais fervent du *Journal officiel* de la République française, un auditeur sachant auditer me fait parvenir un exemplaire récent du *Bulletin officiel* des annonces de marchés publics dans lequel il suggère que je trouverais provende. À premier abord, c'est surtout le sommeil que l'on trouve à la lecture de cette longue liste de travaux publics pour la réalisation desquels les entreprises intéressées sont invitées à soumissionner. À deuxième abord, on peut y déceler les traces de nouveaux progrès du progrès.

En effet, non loin du marché public ouvert pour le nettoyage de la maison de repos et de convalescence de Longeville-lès-Saint-Avold, en face du marché de la gestion des contrats d'abonnements à la collecte des déchets industriels et commerciaux et de la perception de la redevance destinée au financement du service, à Taverny, à quelques lignes du marché de construction d'une bibliothèque centrale de prêt à Mamoudzou dans l'île de Mayotte, à côté du marché de démolition et de reconstruction du pont

Dabenton à Roubaix, on peut lire l'annonce, sous la rubrique « Services récréatifs », de l'ouverture du marché de vidéotransmission en circuit fermé des débats du procès dit « de Furiani », palais de justice et théâtre municipal de Bastia. Rappelons, pour que chacun s'imprègne du caractère récréatif de cette vidéotransmission, que l'effondrement d'une tribune provisoire au stade de Furiani causa quinze morts et fit plus de cinq cents blessés dont plusieurs dizaines très gravement. Ajoutons que, pour beaucoup de Corses, le procès qui va avoir lieu concerne plus de lampistes que de coupables. Interrogeons le garde des Sceaux : la vidéotransmission dans un théâtre voisin du palais de justice d'un procès entouré d'autant de passion fait-elle gagner en sérénité à la justice ? Et, si cette pratique devait être étendue à d'autres audiences judiciaires, a-t-on pensé à prévoir un audimat ?

Nous vivons une époque moderne.
Je vous souhaite le bonjour.

11 septembre 1994.

Mystère des appellations scolaires

Heureux habitants de la Loire-Atlantique — ci-devant inférieure — et des autres départements français, la rentrée scolaire est désormais derrière nous avec son cortège de réformes, de modifications et de changements. Si complet qu'ait pu être le travail d'information de mes confrères spécialisés — car, ce n'est pas pour me vanter, mais j'ai des confrères spécialisés —, si complet, donc, qu'ait pu être leur travail, il est une question à laquelle ils n'ont point répondu et qui, pourtant, ne manque pas de sérieux : « Par qui sont baptisés nos lycées, nos collèges et nos écoles et, surtout, selon quels critères ? » Un auditeur sachant auditer et néanmoins professeur d'histoire et de géographie alimente notre perplexité à ce propos après avoir consulté la liste nominative de nos établissements d'enseignement secondaire. De cette liste, en effet, on peut tirer au moins neuf catégories de noms de lycées, d'une variété qui confine à l'incohérence. Voici d'abord les anonymes : à Ribeauvillé, le lycée s'appelle lycée de Ribeauvillé, au Vigan, il s'intitule lycée classique et moderne. On les opposera aux lycées engagés, parmi lesquels je remarque le lycée Notre-Dame de Toutes Aides à Nantes, le lycée de la Doctrine chrétienne à Verdun et même le lycée Notre-Dame Sacré-Cœur Cendrillon de Dax. À cette version Falloux-Bayrou même combat de l'engagement, on peut préférer une version plus laïque voire plus rouge, comme le lycée Louise-Michel de Grenoble ou le lycée Robespierre à Arras, mais il est vrai que Maximilien, comme l'ami Bidasse, était né natif du chef-lieu du Pas-de-Calais. Dans la catégorie lycée rendant hommage à une gloire locale, on s'attendrait à ce qu'Ajaccio ait un lycée Bonaparte. Or son établissement secondaire a été baptisé Laetitia-Bonaparte, sans doute pour introduire ses élèves à l'étude du complexe d'Œdipe. Le nom de Napoléon, lui, a été donné au lycée de L'Aigle, dans l'Orne. Remarquons que la mode influe sensiblement sur le baptême de nos lycées : il y a plusieurs lycées Camille-Claudel mais un seul qui porte le nom de Paul. Désolons-nous que d'autres gloires nationales ne soient honorées que dans leur lieu de naissance, le grand géographe Élisée Reclus à Sainte-Foy-la-Grande et le grand théoricien du système ondulatoire Augustin Fresnel à Bernay. Félicitons-nous que l'esprit girondin perpétue le nom d'Urbain Mougazon à Angers, d'Ernest Perrochon à Parthenay, de Louis Denayrouze (l'inventeur du scaphandre) à Espalion, d'Émile Peytavin à Mende. Saluons les élèves du lycée du Bois-d'Amour à Poitiers et de la Malassise à Longuenesse ; admirons la classe de ceux qui ont donné au lycée d'Oloron-Sainte-Marie le nom de Jules Supervielle, à celui de Lagny le nom de Kees Van Dongen et demandons-nous pourquoi Noisy-le-Sec a placé son lycée sous l'invocation d'Olympe de Gouges, la première femme sans-culotte. Tâchons enfin de percer le mystère du lycée d'Avon, baptisé Uruguay-France.

Constatons enfin avec notre auditeur sachant auditer qu'aucun établissement de France ne porte le nom du savant auquel notre jeunesse doit d'avoir traversé en se jouant tant de maladies jadis fatales, l'inventeur de la pénicilline, Alexander Fleming. Il est encore temps de réparer cette injuste négligence.

Nous vivons une époque moderne.
Je vous souhaite le bonjour.

12 septembre 1994

Hérisson aux Envierges

Heureux habitants du Doubs et doux habitants de l'Eure et des autres départements français, je ne crains pas de le dire, on ne lit pas assez *Le Chasseur français*. D'abord parce que ses petites annonces d'un irréprochable classicisme permettent à tous les cœurs d'espérer trouver chaussure à leur pied, ensuite parce que le citadin, même peu porté sur la chose cynégétique, peut y trouver des informations inattendues sur son propre habitat. Ainsi il est d'usage de plaindre les Parisiens au motif qu'ils sont éloignés de la nature. C'est un mensonge. Que dis-je un mensonge ? Une noire calomnie ! Que nous apprend, en effet, la dernière livraison du *Chasseur français* ? Que, dans notre bonne capitale, le nombre d'espèces animales sauvages ne cesse d'augmenter. Ainsi le faucon crécerelle s'est-il installé à Paris et niche aussi bien à Notre-Dame qu'à l'Arc de triomphe ou au Louvre. Il mange les jeunes pigeons — pas en assez grand nombre, à mon goût — et les petits moineaux. Le corbeau freux, reconnaissable à son bec grisâtre, arpente quotidiennement le boulevard Richard-Lenoir comme la rue des Bons-

Enfants. La pie qui chante rue des Hautes-Formes perchait hier rue Cortot avec des dizaines de congénères et passe ses vacances à la porte de Montempoivre. Et l'on a recensé dans la capitale quinze mille couples de palombes — je dis bien des palombes — venues se mettre à l'abri du fusil des chasseurs et de l'encombrante sollicitude de Mlle Bardot. Paris est si attirant que les tourterelles turques y ont fait souche à la barbe de M. Pasqua. Elles y pratiquent la polygamie avec un bel entrain.

Les à-poils n'ont rien à envier aux à-plumes. La musaraigne côtoie le surmulot boulevard Beaumarchais et la fouine comme le hérisson prennent le frais rue des Envierges. Le renard lui-même s'installe à son aise dans les nombreux entrepôts, les rares usines et les majestueuses gares de la Ville-lumière. Il mange les animaux écrasés et, soutiennent certains pédagogues à l'ancienne, les enfants pas sages. *Le Chasseur français* nous apprend que tous ces animaux viennent à Paris de plus en plus nombreux car ils y trouvent, outre la nourriture de nos poubelles, la tranquillité qui leur est nécessaire pour se reproduire. Remarquons au passage que le Parisien, lui, ne se reproduit presque plus et que sa ville se dépeuple d'humains à proportion qu'elle se peuple de bestioles. On peut trouver cela étrange, mais qui a jamais su nous dire la sorte d'animal qu'est le Parisien ?

Nous vivons une époque moderne.
Je vous souhaite le bonjour.

13 septembre 1994

Excès de zèle

Heureux habitants du Cantal et des autres départements français, voici une dizaine d'années que la ville de Spolète emploie Franco Zanetti en qualité de chauffeur et, mon Dieu, il s'est acquitté assez bien de sa tâche pour qu'on lui confie la responsabilité d'un véhicule de transport scolaire. C'est pourquoi le secrétaire général de la mairie de Spolète a été un peu étonné de recevoir de la commission d'action sociale de la province une lettre lui indiquant que la municipalité, aux termes d'une loi nouvelle, était entièrement exonérée de charges sociales pour le nommé Zanetti Francesco, handicapé de la plus sérieuse catégorie et employé par elle. Il y a erreur, a répondu la municipalité, il y a homonymie : notre Zanetti Francesco se porte comme le Ponte Vecchio qui est le nom italien du Pont-Neuf. Il se porte peut-être comme vous le dites, a rétorqué la commission, mais il est immatriculé chez nous comme aveugle civil atteint de cécité totale et il est pensionné comme tel depuis 1988.

On convoque Zanetti Francesco, qui confirme percevoir cette pension depuis six ans. « Mais tu n'es pas aveugle ! s'exclame son chef. — Ben non, explique Francesco, c'est une erreur. — Comment ça, une erreur ? — Oui, il y a dix ans, sur les conseils d'un cousin palermitain, j'ai demandé à tout hasard une pension d'invalidité. Mon cousin, qui est maçon employé par sa commune, touche une allocation de handicapé moteur. Il l'a obtenue parce qu'il connaît quelqu'un et ce quelqu'un pouvait m'aider. J'ai fait une demande, elle a été acceptée et depuis j'améliore mon ordinaire avec cette pension. — Cela ne s'appelle pas une erreur, a dit le chef de Francesco. Cela s'appelle une fraude. — Mais pas du tout. C'est une erreur. Moi, j'ai demandé une pension en tant que borgne et ils m'en ont accordé une en tant qu'aveugle. Ils veulent m'empêcher de gagner ma vie, ou quoi ? »

On voit par cette histoire que, sous tous les cieux, le zèle de l'administration est intempestif. Excusons cependant les bureaucrates italiens. Dans la province où vit Francesco, vingt-trois hommes sur cent touchent une pension d'invalidité civile.

Nous vivons une époque moderne.
Je vous souhaite le bonjour.

14 septembre 1994

Exaltation du saucisson

Heureux habitants des Alpes-de-Haute-Provence ci-devant Basses-Alpes et des autres départements français, c'est à raison que nous nous parfumons d'être le peuple le plus spirituel de la terre, et nous devrions bien ajouter le plus cultivé. Notre sol natal est jonché d'établissements culturels destinés à exhausser nos âmes jusqu'à l'empyrée et à faire du sublime notre pain quotidien. Certains de nos établissements sont vénérables par leur ancienneté, comme le Louvre, d'autres sont admirables par leur ingénieuse nouveauté, comme celui qui a pris place dans l'ancienne gare d'Orsay, d'autres encore témoignent de notre vitalité culturelle comme ce petit musée fraîchement ouvert à Villard-de-Lans, le Musée du saucisson. Quoi, chroniqueur matutinal, il s'est ouvert un Musée du saucisson ? Ne serait-ce pas plutôt une ruse de commerçant avisé qui, ayant remarqué que chacun désormais veut avoir une grosse voiture allemande et un fort vernis de culture, aurait baptisé musée une échoppe à but lucratif ?

Que non pas, auditeurs circonspects ! Certes le promoteur du Musée du saucisson ne rechigne pas à vendre de cette charcuterie, mais son entreprise vise d'abord à la diffusion des connaissances. À preuve : il a organisé un jeu-concours pédagogique, récompensé par des saucissons et dont les questions font incontestablement appel à l'instruction et non à la simple gourmandise. « Qui a développé l'élevage du porc ? » demande ce questionnaire qui propose trois réponses : « Les Israélites [ce doit être les Juifs], les Grecs ou les Romains ? » « Comment — interroge encore le musée — se nommait à Rome celui qui fabriquait les saucissons ? » « Les premiers chrétiens mangeaient-ils le boudin ? » poursuit notre questionnaire qui comporte enfin une colle de première grandeur : « Qui était Aphtonetos ? » Eh bien, après avoir sué sur mes encyclopédies et interrogé deux agrégés de lettres classiques dont une ancienne élève de l'École normale supérieure titulaire d'un doctorat d'État, il m'a fallu téléphoner au charcu... pardon, au directeur du musée pour apprendre que les Romains nommaient Iscarius le fabricant de saucisson et qu'Aphtenetos fut un cuisinier célébré par Pindare pour son habileté à accommoder le cochon. Je vous le dis, un pays où il faut avoir lu Pindare pour mériter un saucisson est un pays qui peut regarder l'avenir sans rien craindre de fâcheux.

Nous vivons une époque moderne.
Je vous souhaite le bonjour.

15 septembre 1994

Résurrection de l'agréministe

Heureux habitants de la Haute-Corse et des autres départements français, demain et après-demain sonnera l'heure des Journées du patrimoine. Les palais nationaux les plus prestigieux et les plus enviés ouvriront leurs portes au public. Les interdits de chéquier pourront se promener la tête haute dans la galerie dorée de la Banque de France et on entrera à l'Élysée sans même être candidat. Plus ou moins fidèlement, les pierres témoignent de la vie de naguère, d'autrefois ou de jadis, mais où trouver le souvenir de ceux qui peuplaient ces bâtiments et faisaient vivre ces villes ? Dans les livres, bien sûr, et notamment dans un petit bijou qui vient de paraître et s'intitule *Métiers oubliés de Paris*. Il ressuscite l'agréministe, qui vendait des ornements, des « agréments » pour la toilette des dames ; le loueur d'enfants qui procurait aux mendiants des gamins de plus pauvres qu'eux afin que ces mouflets attendrissent le passant et lui fassent porter la main à sa poche ; et le marchand d'hommes qui, au XIXe siècle, procurait aux fils de famille appelés au régiment par le tirage au sort un remplaçant ayant besoin d'un peu de fraîche. Il fait revivre l'allumeur de réverbères, la loueuse de chaises, le tondeur de chiens, le cardeur de matelas, le marchand de coco, le raccommodeur de porcelaines, le loueur de télescopes et le loueur de parapluies, tous personnages dont les poétiques photos en noir et blanc donnent une idée du pittoresque des rues et des quais et dont il nous semble presque entendre les cris et les boniments. Il nous fait découvrir l'arracheuse d'ailes, qui dénichait les hirondelles pour leur enlever les plumes que les coquettes à chapeau faisaient osciller d'un air fier ou d'un air mutin. Les fouette-culs, métier trop tôt disparu et qui consistait à faire entrer les bonnes manières dans la tête des enfants en leur échauffant le derrière. Les gardiens de chiens qui prenaient soin des toutous des veuves à la porte des cimetières. Les décrotteurs qui réparaient les offenses faites par la boue des rues aux chaussures et aux vêtements, les étuvistes qui portaient l'hygiène à domicile, les réveilleuses, sortes de chroniqueuses matutinales sans micro ni ondes hertziennes, les chasse-marée qui menaient un train d'enfer pour apporter le poisson frais à la capitale, les évantaillistes, les marchands d'oublies (avec un e entre le i et le s), les porteuses de pain et les arracheurs de dents... Les progrès du progrès ont eu raison de ces petits boulots d'avant le R.M.I. Comme dirait la chanteuse Juliette, le seul petit métier de jadis à être encore florissant, c'est celui d'enculeur de mouches...

Nous vivons une époque moderne.
Je vous souhaite le bonjour.

16 septembre 1994

Universalité du mauvais goût

Heureux habitants de la Charente et des autres départements français, l'Orient constitue, on le sait, la patrie des mystères. En voici un nouveau, en provenance du Japon. La compagnie aérienne All Nippon Airways a décidé, pour attirer le chaland et égayer son image de marque, de faire peindre sur le fuselage de ses Boeing 747 des dauphins et des baleines dans différentes nuances de bleu et de rebaptiser ces appareils « Jumbo marin ». Les effets de cette opération — et c'est là que réside le mystère — ont largement dépassé les résultats escomptés. Quelques experts en ont déduit que les enfants, ravis par les images des avions couverts de dauphins et de baleines montrées par la télévision, avaient fortement incité leurs parents à voyager sur une compagnie delphinophile. Du coup, la Japan Air Lines, concurrente de la All Nippon Airways, a surenchéri. Ses hôtesses de l'air ont été priées de porter par-dessus leurs uniformes des tabliers recouverts de personnages de Walt Disney. Leur tenue de travail elle-même a été modifiée, leur corsage devenant blanc à gros pois rouges comme celui de Minnie, leur cou étant désormais ceint d'un gros nœud de dadame comme les affectionne la souris susnommée. Enfin, pour compléter le tableau, les hôtesses de la Japan Air Lines ont été priées de se poser sur le crâne un demi-cercle au bout duquel se balancent deux grosses oreilles noires en plastique pareilles à celles de la fiancée de Mickey. Quoique ladite fiancée ait une réputation chaste et honorable, les employées de la J.A.L. ont fermement refusé de revêtir cette panoplie et elles ont même menacé de se mettre en grève, chose aussi difficile à concevoir au Japon qu'un spectacle des Folies-Bergère chez l'ayatollah Rafsandjani. La Japan Air Lines a répliqué, mais indirectement. Elle a fait savoir que, d'une part, l'utilisation des personnages de Disney lui avait déjà coûté une vingtaine de millions de francs et que, d'autre part, elle envisageait de se débarrasser de cinq mille de ses vingt-deux mille employés. Interrogé sur son pronostic quant à l'issue du conflit, le porte-parole de la Japan Air Lines a déclaré : « Les hôtesses s'habitueront à l'idée d'un nouveau costume. » Si elles veulent conserver leur emploi, ce serait sage en effet. Peut-on leur conseiller de faire une concession et d'accepter de se déguiser en Minnie à condition que les dirigeants de leur compagnie acceptent d'aller à leur bureau revêtus du masque et du costume de Dingo ?

Nous vivons une époque moderne.
Je vous souhaite le bonjour.

19 septembre 1994

Communication entre les générations

Heureux habitants de la Gironde et girondes habitantes de l'Eure et des autres départements français, Massimiliano avait vingt-quatre ans, Mabel, dix-sept. Il est ouvrier, comme ses parents. Elle poursuit des études supérieures comme le firent ses géniteurs, eux-mêmes enfants de bonnes familles et aujourd'hui riches industriels à Novare, dans le nord de l'Italie. Massimiliano joue de la guitare. Un jour qu'il grattait son instrument entouré de quelques amis à la terrasse d'un café, Mabel l'aperçut, s'arrêta et les foudres de l'amour la clouèrent au sol. De son côté, Massimiliano, quand il leva la tête, croisa le regard de la jeune fille et, zac ! les foudres de l'amour lui embrasèrent le muscle cardiaque. La gosse de riches et le prolétaire se manifestèrent d'abord leur émoi, puis ils s'ouvrirent de leur penchant, enfin ils s'avouèrent leur amour. Après quoi, chacun s'en fut informer ses parents de ce bonheur inattendu et de leur intention subséquente de se mettre en ménage. « En ménage ? ! s'exclamèrent les parents de Mabel. Avec un ouvrier ! Pas de ça dans notre famille. » Les larmes de leur fille ne les infléchirent point.

La visite des parents de Massimiliano en costume des dimanches n'eut point de meilleur résultat. Mabel rongea donc son frein et vit son amoureux en cachette. Il ne faut jamais contrarier les jeunes filles, cela les rend encore plus romantiques. À peine ses dix-huit ans accomplis, la semaine dernière, Mabel prit sa brosse à dents, s'en fut vivre chez Massimiliano et abandonna ses études pour aider l'objet de sa flamme à mettre du parmesan dans le risotto. Du temps des Capulet et des Montaigu, l'affaire se serait réglée à l'épée. Avec les progrès du progrès, les parents de Mabel ont eu recours aux techniques plus modernes de la communication. Ils ont loué des panneaux et fait apposer des affiches proclamant : « Mabel, fais attention, il n'en veut qu'à ton argent ! » Suivent une douzaine d'avertissements en forme de slogans parmi lesquels celui-ci : « Faire une expérience, c'est bien, revenir à la normalité, c'est nécessaire ! » Cette campagne d'affichage a d'abord créé un courant d'opinion favorable aux parents de la fugueuse. Mais Mabel et Massimiliano ont contre-attaqué très vite en apparaissant au journal télévisé régional, filmé devant l'hôpital où ils allaient rendre visite à la grand-mère de Mabel, dont le col du fémur venait de faire des siennes. Ce geste de piété filiale a retourné la vox populi en leur faveur. Fidèles à leur média favori, les parents ont répliqué par une affiche proclamant : « Mabel, tu seras toujours dans nos cœurs et notre peine n'égalera jamais notre amour. » On attend avec impatience la contre-offensive médiatique de Roméo et Juliette. Elle ne saurait que nous prouver que

nous vivons une époque moderne.
Je vous souhaite le bonjour.

20 septembre 1994

Ultra-modernisme

Heureux habitants du Loiret et des autres départements français, puisque la compétition pour l'Élysée a commencé avant le coup de pistolet du starter, peut-être conviendrait-il de faire le point sur la manière dont l'affaire se présente. À gauche, une chose est sûre : Arlette Laguiller sera candidate. Elle accomplira ainsi une nouvelle étape sur le chemin qui devrait la conduire, aux environs de l'an 2030, à occuper dans les sondages de popularité le rang dévolu aujourd'hui à l'abbé Pierre. Ensuite, et toujours à gauche, on entre dans un brouillard ouaté. M. Delors sera candidat si trois conditions sont réunies : 1. que le parti socialiste le désigne mais le laisse entièrement libre de son programme et de son équipe ; 2. qu'après l'avoir désigné, la direction du parti socialiste se jette du haut des tours de Notre-Dame et, troisième condition, M. Delors sera candidat s'il est assuré d'être élu. Si ce n'est pas lui, M. Jospin pourrait tenter de mener les socialistes à la défaite, mais à une défaite dans l'honneur. À moins que ce ne soit M. Mauroy, quoique certains aient avancé le nom de M. Badinter. Par ailleurs M. Kouchner, rocardien accusé de tapisme, pourrait faire valoir qu'il serait un parfait candidat de synthèse. M. Tapie lui-même ne peut manquer de se présenter, l'immunité attachée au mandat du président de la République étant la plus longue et les meubles du mobilier national étant : 1. insaisissables ; 2. authentiques.

À droite, on tient pour acquis que M. Chirac remettra le couvert tandis que M. Balladur tirera la nappe de son côté. C'est ce qui fait penser à M. Pasqua qu'il pourrait être le troisième homme. Cependant, M. Barre suppute que son inactivité depuis quatorze ans constitue pour lui un atout. De surcroît, il jouit des encouragements du président de la République qui vient très habilement de contraindre la droite à le reconnaître comme l'un des siens. Toutefois, si M. Mitterrand était amené à se retirer avant le terme de son mandat, c'est M. Monory qui poserait son auguste séant sur le velours de son fauteuil, ce qui pourrait lui suggérer l'idée de suivre l'exemple du regretté président Poher en 1969. M. Monory serait sûrement encouragé dans cette voie par M. Giscard d'Estaing qui, trop bas dans les sondages pour avancer sa propre candidature, verrait dans celle de M. Monory un moyen efficace de nuire à ses alliés, seule joie que la vie publique puisse encore lui laisser.

Devant ce désordre général, une solution s'impose : celle de la candidature d'union nationale. Le moment me paraît donc venu que la gauche et la droite fassent taire leurs divisions internes et externes pour se tourner vers un homme au-dessus des partis. J'appelle donc solennellement à une démarche collective de toutes les formations politiques auprès du président Pinay. Nous vivons une époque moderne, non ?

Je vous souhaite le bonjour.

21 septembre 1994

Confraternalisme

Heureux habitants de l'Ain et des autres départements français, on a beaucoup débattu, ces dernières décennies, de la politique culturelle. Longtemps une majorité dans l'opinion a considéré que l'État devrait consacrer davantage de ses ressources à financer des artistes et on a même fixé au chiffre symbolique de 1 % la part du ministère de la Culture dans le budget de l'État. Au fur et à mesure que l'on s'est approché de ce chiffre, le doute s'est insinué quant au bien-fondé de l'action publique en matière de beaux-arts. Celui-ci a fait remarquer que l'on finançait beaucoup plus d'intermédiaires — fonctionnaires ou non — que d'artistes. Celui-là a observé que le clientélisme ne le cédait qu'à la démagogie dans l'attribution des subsides officiels. L'un s'est demandé pourquoi tant d'argent était, dans l'industrie du cinéma, distribué à si peu de mains pour produire des films qui rencontrent si peu de public. L'autre a trouvé étrange qu'on fasse crédit à des administrations — même baptisées culturelles — d'avoir le goût plus sûr que des particuliers. Un troisième s'est montré éberlué de constater à quel point l'irresponsabilité dans la gestion des deniers publics engendrait dans les secteurs soutenus une inflation considérablement plus forte qu'ailleurs. Bref, pour parler contemporain, « il y a un malaise ».

C'est pourquoi je voudrais saluer le pianiste allemand Christian Zacharias. Je ne voudrais pas seulement le saluer pour ses qualités d'interprète mais parce que, lors de la dernière quinzaine musicale de Saint-Sébastien, il a demandé aux organisateurs de ce festival que la moitié de son cachet lui soit versée en argent et l'autre moitié en œuvres d'art qu'il choisirait lui-même dans les galeries de la ville. Son choix s'est d'ailleurs porté sur une sculpture signée d'un artiste contemporain, Eduardo Chillida. « J'aime beaucoup cette idée d'échanger de l'art contre de l'art », a déclaré le pianiste. Tout le monde n'a pas son élégance et il serait vain d'espérer qu'elle devienne la règle. Constatons cependant qu'elle a en elle-même quelque chose d'artistique, je veux dire qu'elle nous fait rêver...

Nous vivons une époque moderne.
Je vous souhaite le bonjour.

23 septembre 1994

Raisins verts

Heureux habitants de la Haute-Loire et des autres départements français, il est chinois, il s'appelle Wang Xing et il a onze ans. Le photographe Greg Baker, de l'agence Associated Press, l'a saisi allongé sur un mauvais matelas de mousse, la figure tordue par une grimace de douleur, les yeux plissés, le nez froncé, la peau du front tendue par l'effort. On pense aux clichés qui illustrent les campagnes que mènent les organismes humanitaires pour collecter des fonds. Pourtant, si Wang Xing est incontestablement malheureux, il n'a absolument besoin de rien. Il porte des chaussures de sport onéreuses, un short et une chemisette en coton multicolore et du bon faiseur. Il a le mollet dodu, des cuisses comme des jambons, un abdomen proéminent et une figure comme un derrière plantée sur un cou gras à loisir.

Cependant, il est indiscutable que Xang Xing souffre. Normal, il est interné dans un camp de rééducation à Kiao Tangshan, le camp d'amaigrissement Tian Yu. Si Wang Xing grimace tant sur son matelas, c'est qu'un « éducateur » du camp lui fait travailler ses abdominaux par la bonne vieille méthode dite des « ciseaux ». En arrière-plan de la photo, on peut apercevoir d'autres jambons — encore plus massifs que ceux de Wang Xing — que leurs propriétaires s'efforcent de lever vers le ciel, ou au moins de décoller du sol. Selon les autorités chinoises, les enfants placés dans le camp d'amaigrissement Tian Yu sont soignés pour obésité, une obésité due à l'absorption excessive de nourritures occidentales, et notamment de funestes hamburgers. Leurs parents ont tiré de larges profits de la transformation de l'économie chinoise et ce sont leurs enfants qui trinquent, suant et soufflant sur leur tapis de mousse. « Les pères ont mangé des raisins verts, dit la Bible, et les fils en ont eu les dents agacées... » On voit, par cette manière de punir les enfants de l'inconséquence de leurs nouveaux riches de parents qui leur laissent manger ce que la cuisine occidentale a de pire, que la culture chinoise est en grand péril. L'un de ses proverbes les plus connus, en effet, ne disait-il pas : « Quand je montre la lune, l'imbécile regarde mon doigt. »

Nous vivons une époque moderne.
Je vous souhaite le bonjour.

27 septembre 1994

Tant qu'il y a de la vie...

Heureux habitants francophones du Luxembourg et des départements français, ce soir, à onze heures, Mme Marthe-Eugénie-Marie Noiset entrera dans sa centième année. Permettez-moi, en votre nom, de lui souhaiter un excellent anniversaire, en espérant qu'il ne sera pas trop assombri par le souvenir de la disparition de son époux, mort il y a presque cinquante ans des suites d'un accident du travail alors qu'il était employé à la Caisse des dépôts et consignations. Depuis 1945, donc, Mme Noiset vit d'une pension de conjoint de victime d'accident du travail mortel, à elle versée par la branche caisse de retraites de la Caisse des dépôts (sous-direction des pensions et allocations). Justement, à la veille de son quatre-vingt-dix-neuvième anniversaire, Mme Noiset Marthe (veuve Jacquemin) a reçu une lettre de la sous-direction de la branche de la caisse de la Caisse.

Contrairement à ce qu'on pourrait croire — ou espérer — cette lettre n'avait pas pour objet d'exprimer à Marthe-Eugénie-Marie les vœux de circonstance agrémentés des souhaits de la voir voguer paisiblement vers son centenaire entourée de l'affection des siens. Non ! La lettre de la sous-direction de la branche de la caisse de la Caisse était destinée à rappeler à Marthe, je cite, que « son droit à pension de conjoint de victime d'accident mortel du travail est soumis à une clause de non-remariage ». En conséquence de quoi, Marthe était invitée à fournir sous quinzaine un document prouvant, attestant, établissant et garantissant qu'elle ne venait point de se remarier, faute de quoi le versement de sa pension serait interrompu.

Certains mauvais esprits s'offusqueront que la sous-direction de la branche (de la caisse de la Caisse) réclame à une presque centenaire la preuve qu'elle n'a pas récemment contracté mariage et verront là un exemple de muflerie administrative. Ces mauvais esprits sont dans l'erreur : il faut plutôt prendre cette lettre comme la manifestation de l'optimisme d'un organisme public qui ne considère pas que d'avoir accompli quatre-vingt-dix-neuf ans soit un obstacle à l'amour et pense que, même en s'aidant d'une canne, on peut s'embarquer à cet âge sur un navire en partance pour cent ans et pour Cythère.

Je vous souhaite le bonjour.
Nous vivons une époque moderne.

28 septembre 1994

Berlusconi Imperator ?

Heureux habitants du Bas-Rhin et des autres départements français, les opérations « mains propres », le changement de gouvernement puis les difficultés de M. Berlusconi à maintenir sa coalition en état de gouverner : autant d'événements qui nous ont conduit à laisser à l'arrière-plan un débat qui agite vigoureusement nos voisins italiens et dont je m'en vais vous tenir informés. Il concerne les plaques minéralogiques des automobiles de la Péninsule. Depuis l'invention du moteur à explosion et jusqu'à aujourd'hui, comme vous l'avez sans doute remarqué, ces plaques commencent par deux lettres qui désignent la province où l'automobiliste a établi son domicile. PE pour Pérouse, NA pour Naples, SI pour Sienne. Rome seule, qui s'efforce de jouer à la capitale dans un pays qui se moque bien de l'État et de ses administrations, Rome seule, donc, distribue des plaques sur lesquelles son nom est écrit en entier. Or, voilà qu'un haut fonctionnaire du ministère des Transports a convaincu le gouvernement de substituer aux plaques minéralogiques enregistrées par les provinces et portant leurs initiales un système d'immatriculation nationale utilisant uniquement des chiffres. Incontinent un murmure de révolte monte, aussi bien dans le Piémont qu'en Sardaigne, en Émilie-Romagne que dans les Pouilles. Ce murmure s'enfle, il devient grondement. Le sénateur Franco Zeffirelli interpelle le ministre des Transports. Le gouvernement est sommé de s'expliquer, puis de revenir sur sa décision. Les provinces veulent que leurs initiales demeurent inscrites sur les plaques minéralogiques, les automobilistes veulent que l'on sache quelle est leur petite patrie. On interroge l'inventeur du nouveau système, celui qui n'utilisera plus que des chiffres. « Pourquoi tenez-vous à ce point à votre idée ? — Mais parce que : aujourd'hui, avec le système provincial lettres + chiffres, il n'y a que 234 millions de combinaisons possibles. Avec mon système, en enlevant les lettres, on pourra obtenir un peu plus de 8 milliards de combinaisons. Savez-vous combien il faudra d'années pour les utiliser toutes : 3 150. »

Si l'État italien, si longtemps débile, se met à légiférer pour les trois millénaires à venir, c'est ou bien que M. Berlusconi veut se faire proclamer empereur et fonder une dynastie, ou bien que ses hauts fonctionnaires peuvent désormais en remontrer à leurs collègues du monde entier.

Je vous souhaite le bonjour.
Nous vivons une époque moderne.

3 octobre 1994

Qui mal y pense...

Heureux habitants des Hauts-de-Seine et des autres départements français, une citoyenne britannique demeurant dans le comté de Lancashire s'efforçait d'élever seule et sans doute de son mieux ses trois enfants de neuf, sept et cinq ans. Malheureusement, sa santé mentale n'était guère brillante et il arrivait souvent qu'on dût l'hospitaliser en raison de fréquents accès de dépression. Au retour de son dernier séjour dans un établissement spécialisé, elle manqua noyer sa plus jeune fille alors qu'elle lui donnait un bain. Accident, pensèrent les uns, « Pas si sûr », pensèrent les autres, et notamment les travailleurs sociaux chargés de suivre la famille. Leur avis ayant prévalu, la jeune femme fut réexpédiée vers un hôpital psychiatrique tandis que les enfants se voyaient confiés par le juge à leur père divorcé, sur les recommandations des services sociaux.

Quelques semaines plus tard, la police de Sa Majesté, opérant une rafle chez des receleurs-trafiquants-petits dealers de la région, mettait la main sur quatre cents cassettes vidéo indéniablement et rudement pornographiques. Remontant la filière qui va du détaillant au grossiste et du grossiste au producteur, les policiers arrêtaient le père de nos trois gamins et saisissaient à son domicile un important matériel de tournage et une batterie de vingt et un magnétoscopes servant à la duplication des films. En l'interrogeant, le magistrat chargé de l'affaire s'aperçut que l'homme avait déjà été condamné quatre fois pour production de vidéos obscènes. Il s'étonna que des travailleurs sociaux aient pu recommander qu'on lui confie la garde des enfants. Il les convoqua et leur demanda s'ils étaient au courant du passé de l'homme auquel ils avaient souhaité que les enfants fussent remis. « Bien sûr que nous le savions, Votre Seigneurie, a déclaré un éducateur. En novembre dernier, il a été condamné à de la prison avec sursis pour avoir produit et tourné un film où l'on voit des femmes faire la chose avec des animaux. »

On voit par là que la moralité dans l'Empire britannique est dans un état de perdition avancée. En effet, un homme qui ne respecte pas les animaux n'est plus condamné qu'à de la prison avec sursis.

Je vous souhaite le bonjour.

Nous vivons une époque moderne.

5 octobre 1994

Hommage à André Lwoff

Heureux habitants de la Meurthe-et-Moselle et des autres départements français, on vient de porter en terre André Lwoff, Juif russe et Français plus que patriote, prix Nobel de médecine, savant parmi les savants. Peintre amateur, coloriste enfantin, mélomane austère, lecteur plein de discernement, grand esprit et caractère trempé. Très trempé, même, et qui ne craignait nullement d'appeler un chat par son nom, ni de fustiger la bureaucratie qui n'est pas moins présente et pesante dans l'univers de la recherche que dans les autres, où sévit cette haine vigilante et mesquine à laquelle, sous le nom de confraternité, beaucoup de chercheurs sacrifient une part importante de leur énergie sinon la totalité. Bref, André Lwoff était ce que les adjudants de caserne et les pions de collège appellent un « mauvais esprit ». À l'Institut Pasteur, cela lui valut de rester quatorze ans sans promotion alors même qu'il avait publié les travaux qui devaient lui valoir le prix Nobel de médecine et qu'il avait été élu membre des plus importantes sociétés savantes des États-Unis et de Grande-Bretagne.

Cette petitesse de la bureaucratie à son égard ne lui

faisait ni chaud ni froid, ou plutôt elle ne faisait que redoubler la verve caustique de ses « croquis pasteuriens », un ensemble de notes et de portraits qu'il se plaisait à écrire et qu'il montrait à quelques amis choisis. Tel confrère, jaloux, tente de lui faire interdire la poursuite de ses recherches sur le virus de la poliomyélite. Il n'en a cure et écrit du jaloux : « Son œuvre est un vaste cimetière de publications dont quelques perles survivront dans le grand sottisier du XXe siècle. » La direction de l'Institut Pasteur refuse la proposition du C.N.R.S. de créer en son sein un Institut de biologie moléculaire : « Aucune administration ne saurait empêcher un chercheur de faire des découvertes », commente André Lwoff. Et lorsque, au terme de soixante ans de travail à Pasteur, le prix Nobel s'essaie à faire un bilan, il écrit : « Je suis fier d'avoir été le recordman pasteurien de la stagnation administrative. Cela ne m'a en aucune façon empêché de travailler et je n'en veux nullement à l'Institut Pasteur où j'ai joui d'une exceptionnelle liberté d'action. Quant à la liberté d'expression, il faut bien qu'elle se paie d'une manière ou d'une autre. »

Ainsi était André Lwoff, pétri de courage, de curiosité et d'élégance et qui ne devait rien à personne. Son œil frisé et son sourire en coin semblaient dire à son interlocuteur que rien n'était moins acceptable que d'humilier ou de se laisser humilier. L'une de ses dernières lettres aura été pour recommander un de ses confrères français au prochain prix Nobel de médecine qui sera décerné lundi. Que la terre lui soit légère.

7 octobre 1994

Fumée avec feu

Heureux habitants des Deux-Sèvres et des autres départements français, je ne voudrais pas rallumer la querelle fratricide entre fumeurs et prohibitionnistes, toutefois il m'est impossible de ne pas vous tenir informés d'une étude économique sur le coût social du tabac que vient de publier le professeur Jean-Jacques Rosa sous le couvert du département d'économie et de gestion de la santé de l'Institut d'études politiques de Paris.

Le professeur Rosa examine en premier lieu les dépenses supportées par la collectivité du fait de la consommation de tabac. Elles ne sont pas petites. D'abord les fumeurs tombent malades du fait de leur vice. On les soigne quand même, mais ça coûte. Ça coûte même 23 milliards 700 millions de francs par an, soit presque dix fois le prix de la construction de l'Opéra-Bastille augmenté du chèque des indemnités versées à M. Chung. À ces 23,7 milliards s'ajoutent d'autres dépenses que le professeur Rosa a traquées impitoyablement. Ainsi a-t-il établi que l'État subit 2,7 milliards de pertes de recettes fiscales dues à l'absentéisme des fumeurs malades, absentéisme qui cause des pertes de production dans les entreprises qui les emploient. À quoi il convient d'ajouter le coût estimé des incendies provoqués par les fumeurs, soit 8 millions trois cent mille francs. Les fumeurs coûtent donc à la collectivité 27 milliards 200 millions de francs.

Certes, ils rapportent aussi. Mais combien ? et comment ? D'abord, nous dit le professeur Rosa, ils rapportent 13 milliards de francs en mourant précocément. En effet, les organismes sociaux auxquels ils ont cotisé n'ont plus à leur verser de pension de retraite. Ensuite, les fumeurs paient des taxes spéciales, uniquement liées à l'usage du tabac. Leurs recettes s'élèvent à 32 milliards de francs. Attendez : 32 + 13 = 45. Les fumeurs qui coûtent à la collectivité 27,2 milliards lui en rapportent 45 ? C'est bien ça, nous dit le professeur Rosa qui conclut : la différence de près de 18 milliards de francs représente un transfert versé par les fumeurs au profit des non-fumeurs...

Vous allez voir que les fumeurs vont réclamer des dommages et intérêts...

Je vous souhaite le bonjour.
Nous vivons une époque moderne.

11 octobre 1994

Amélioration de Mlle Martin

Heureux habitants du Finistère et des autres départements français, il y a quelques jours, une auditrice sachant auditer téléphonait à « Radio Com c'est vous » pour fustiger le comportement autoritaire de Mlle Martin et les interruptions incessantes dont elle hache mon intervention. Par ailleurs, de nombreux téléspectateurs de France 3 qui l'ont suivie le samedi soir dans l'émission qu'elle anime avec Philippe Tesson nous ont demandé : 1. pourquoi Mlle Martin a la même coiffure que la mère de Samantha dans *Ma sorcière bien-aimée* ; 2. si toutes ses activités ne la fatiguent pas trop. Eh bien si, toutes ses activités la fatiguent et renforcent son autoritarisme, mais je peux vous annoncer que cela ne va pas durer car Mlle Martin va aller faire prochainement un stage d'assertivité.

Un stage de quoi, oncle Philippe ? Un stage d'assertivité. J'en viens de recevoir le prospectus. C'est un stage intensif à l'issue duquel on peut, je cite :

« Développer sa confiance en soi ;

« améliorer ses relations avec les collaborateurs de l'entreprise ;

« optimiser son relationnel pour une meilleure efficacité. »

L'assertivité a été inventée par un Français, elle s'attrape en deux jours et les deux jours coûtent 7074,10 francs, toutes taxes comprises. Pour cette somme, vous acquerrez un support théorique, vous subirez un test permettant de repérer vos comportements les plus fréquents et vous apprendrez l'assertivité qui consiste :

« à apprendre à recevoir reproches et compliments ;

« à apprendre à dire non quand vous le souhaitez ;

« à apprendre à formuler sans crainte vos demandes. »

Cela fait, vous pourrez enfin optimiser votre relationnel.

Mlle Martin : ... Philippe, vous devriez m'accompagner.

Je vais le faire, mademoiselle Martin, afin d'apprendre à recevoir reproches et compliments. Cela dit, recevoir les compliments, je sais déjà et suis donc déjà à moitié assertif. Je peux peut-être avoir une réduc...

Je vous souhaite le bonjour.
Nous vivons une époque moderne.

12 octobre 1994

Sexe épiscopal

Heureux habitants de la Seine-et-Marne et des autres départements français, ne craignons pas de le dire, il n'est pas simple d'être britannique. Ajoutons qu'il n'est pas facile d'être évêque. Prenons ensuite un évêque britannique, et même anglican, et vérifions que si l'on ajoute le pas simple au pas facile, on obtient un sac d'embrouilles. Mgr Michael Turnbull est évêque de Rochester. Ou plutôt il l'était car il vient d'être promu évêque de Durham. Ou plutôt il venait de l'être car sa nomination à Durham se trouve sérieusement mise en danger par la découverte que ce père de trois enfants — je rappelle que, pour être évêque, Mgr Turnbull n'en est pas moins anglican —, par la découverte donc que ce père de famille fut, il y a vingt-six ans, arrêté en flagrant délit dans des toilettes publiques pour messieurs et condamné pour acte de grossière indécence par le tribunal local. Mgr Turnbull, dans un communiqué, reconnaît qu'il pécha dans les toilettes mais affirme qu'il n'est pas et n'a jamais été homosexuel. C'est très possible — à supposer que cela présente le moindre intérêt —, c'est très possible car avec les Anglais il est toujours très difficile de savoir où commence la grossière indécence. Toutefois, l'affirmation d'hétérosexualité de l'évêque, loin d'apaiser les esprits, lui valut de nouveaux désagréments. Le révérend Richard Kirkes, en effet, membre du mouvement des Gays et Lesbiennes chrétiens — je rappelle que nous sommes en Grande-Bretagne —, a attaqué l'évêque au motif qu'il était honteux d'avoir honte de son inclination pour des personnes du même sexe. Mgr Turnbull a répliqué que son moment d'égarement d'il y a vingt-six ans n'était qu'un passager signe de faiblesse, mais qui lui avait permis de comprendre la fragilité de l'homme... Il a ajouté qu'à son avis l'homosexualité restait incompatible avec le sacerdoce à plein temps. Ce « à plein temps » m'a paru plutôt intrigant et de nature à faire phosphorer les théologiens. Seulement voilà, après s'être noyés dans de byzantins débats sur le sexe des anges, est-il nécessaire que les théologiens consacrent leurs efforts à la sexualité des évêques ?

Je vous souhaite le bonjour.
Nous vivons une époque moderne.

13 octobre 1994

Colère

Heureux habitants du Nord et des autres départements français, vous savez ce que c'est, le week-end, après une semaine de dur labeur, l'homme se laisse quelquefois aller à ses pulsions instinctives et bon, bien, voilà, c'est ce qui m'est arrivé : j'ai passé mon samedi et mon dimanche au lit avec... ah, mademoiselle Martin, détournez de moi ce regard lourdement réprobateur, j'ai passé deux jours au lit avec un... Eh bien oui, avec un... personne, dit-on, n'est parfait et le cœur a ses raisons que la raison ne connaît pas ; de toute façon, nous vivons une époque moderne et, comme on dit, j'assume : j'ai passé deux jours au lit avec un livre. Un livre pas cher : 149 francs pour 1 216 pages dont une centaine de photogravures et soixante-quinze dessins. Je le recommande à ceux qui aiment comprendre d'où ils viennent afin de mieux savoir où ils vont. Vous avez compris qu'il s'agit d'un livre d'histoire. Une histoire particulière, l'histoire du vandalisme. Écrite par Louis Réau pour la partie qui va du haut Moyen Âge à 1958, complétée par Michel Fleury et Guy-Michel Leproux pour la partie qui va de 1958 à nos jours, cette histoire du vandalisme pourrait aussi bien s'intituler histoire de la bêtise, histoire de l'arrogance, histoire du pouvoir ou histoire de la cupidité. De la cathédrale Sainte-Croix d'Orléans, incendiée par les protestants en 1568, à la Sainte-Chapelle d'Arras, jetée à bas par les révolutionnaires de 1791, c'est le torrent du fanatisme que l'on voit submerger tout ce qui s'oppose à lui, et d'abord la beauté, qui n'enrégimente personne. De la démolition en 1704 et par ordre de l'évêque de Chartres de deux chapelles romanes qui empêchaient les carrosses de manœuvrer devant son palais à la destruction en 1782 des figures nues des damnés du tympan de la cathédrale de Reims, voici l'arrogance des nouveaux riches et leur stupide ordre moral. De la démolition à Paris, en 1652, de la tour de Nesle, rasée par ordre de Mazarin, à la démolition du palais des comtes de Provence à Aix en 1786, voici la paranoïa des hommes de pouvoir et la volonté de Paris d'écraser la province. Au moins, pensez-vous, arrivés à l'ère démocratique et à l'époque éclairée que se veut la nôtre, nous voilà protégés du fléau du vandalisme. Naïfs que vous êtes ! Quand a-t-on détruit le grand escalier de l'hôtel de Bonald à Millau ? En 1977. La caserne des Gardes-Suisses de Louis XV : en 1960. La maison du Sanglier, à Tours, en 1964. L'église du XVe siècle de Nanterre : en 1973. Et les pavillons de Baltard, les Halles de Paris remplacées par cet immonde forum ? Vous vous souvenez des Halles de Baltard ? Vous vous demandez pourquoi on en a fait de la ferraille et pourquoi on a massacré leurs sous-sols aux gigantesques voûtes... Pour marquer le commencement de l'époque moderne...

Je vous souhaite le bonjour.

16 octobre 1994

Cousu main

Heureux habitants du Loir-et-Cher et des autres départements français, vous vous souvenez qu'il a fallu neuf heures et demie pour recoudre le membre que Mme Loretta Bobbitt avait sectionné du corps de son mari John Wayne Bobbitt. Rappelons à nos auditeurs distraits ou en hibernation au moment des faits que le membre que Mme Bobbitt avait tranché et jeté derrière un buisson est précisément celui que l'on appelle le membre et dont l'homme tire fréquemment vanité et quelquefois du plaisir. « Café bouillu, café foutu », dit la vanité populaire : membre recousu, membre encore vigouru ? se demande-t-elle à juste titre.

Dans le but humaniste — voire humanitaire — de répondre à cette question — et non pas, comme de petits esprits l'ont suggéré, pour faire prospérer son compte en banque —, John Wayne Bobbitt a accepté d'être la vedette d'un film pornographique hard qui vient d'être présenté à Los Angeles. Le tournage a eu lieu en présence d'un huissier pour des raisons aisées à deviner. John Wayne Bobbitt, afin de ménager le suspense, passa les deux premiers tiers du film vêtu d'un slip à encourager de la voix et du geste des jeunes femmes lascives. Enfin sonna la minute décisive. Résumons les commentaires de mes confrères américains car, ce n'est pas pour me vanter, mais j'ai des confrères américains qui commentent les films pornos. 1. Ça tient. 2. C'est encore érectile, mais pas *proprio motu*. Faut de l'aide, des aides même et encore c'est long à venir. 3. Cela dit, c'est mieux que rien et même beaucoup mieux. 4. Enfin, on voit à peine la cicatrice et si ce long métrage n'offre aucun intérêt du point de vue pornographique, il constitue un remarquable film publicitaire pour ce qu'il est convenu d'appeler — ça ne s'invente pas — la chirurgie molle.

Nous vivons une époque moderne.
Je vous souhaite le bonjour.

17 octobre 1994

Utilité d'être svelte

Heureux habitants de la Haute-Saône et des autres départements français, voici ce qu'ont pu lire les lecteurs du quotidien allemand *Die Welt*, à la page des petites annonces : « Nous sommes les propriétaires d'un groupe industriel renommé, spécialisé dans les composants électriques et dans l'électronique et prospère depuis sa fondation, il y a quarante-trois ans. Nous avons deux fils. Le cadet, qui a trente-deux ans, a fondé une famille mais ne souhaite pas travailler dans notre groupe. Il préfère partir pour l'étranger. L'aîné, qui en a trente-six, mesure un mètre quatre-vingt-dix. Il est mince et a très bonne apparence. Il est catholique et souhaiterait reprendre notre affaire mais il n'a pas encore trouvé la partenaire qui pourrait alléger ses soucis. Celle qui remplira ce rôle devra se tenir en permanence à ses côtés et être sa conseillère aussi bien que sa collaboratrice. Elle devra être une aimable maîtresse de maison et lui donner des enfants sains.

« Existe-t-il, poursuit l'annonce, une jeune femme de bonne apparence, svelte, si possible avec des connaissances commerciales et éventuellement un diplôme d'économie domestique qui se sente capable de remplir cette tâche ? Si oui, qu'elle sache qu'une entreprise importante l'attend dans une agréable ville moyenne de l'Ouest où elle disposera d'une confortable maison et du soutien de beaux-parents qui ne sont plus de la première jeunesse. »

Je vous ai lu cette annonce, d'une part parce qu'il pourrait y avoir parmi nos auditrices des candidates, d'autre part, pour souligner que rien n'est plus beau que l'amour des parents. Comme me le disait encore récemment l'un des derniers cannibales : « Ils aimaient tellement leur fils qu'ils en ont repris deux fois. »

Je vous souhaite le bonjour.
Nous vivons une époque moderne.

18 octobre 1994

Sur la grève

Heureux habitants des départements français voilà aujourd'hui une semaine que vous n'entendez sur nos antennes ni journaux ni bulletins d'information. Ce silence fait du bruit dans le huis clos de vos salles de bains. Quelques voix vous manquent et la journée commence moins bien. Cependant, quelques-uns d'entre nous sont au rendez-vous habituel. Pour ce qui me concerne, c'est parce que je ne partage pas le choix des moyens par lesquels mes confrères ont pensé se faire entendre. Toutefois, je n'aurais pas grand-chose de différent d'eux à dire. Voilà dix ans que le service public de la radio-télévision a été mis sens dessus dessous par la brutale introduction des chaînes privées les pires, les plus racoleuses, les plus commerciales. Depuis cette date, seule la radio maintient l'esprit et la réalité du service public, loin de la pollution publicitaire. Radio France, c'est-à-dire France Inter, France Info, France Musique, France Culture, Radio Bleue et les radios locales, constitue dans l'actuel environnement audiovisuel un véritable miracle. Les pouvoirs publics n'en ont cure. Ils n'ont d'yeux et d'argent que pour la télévision. C'est ainsi que la télévision de M. Bourges s'est vu offrir quelque un milliard et demi de francs en récompense de ses jeux insipides achetés aux Américains ou aux Australiens et de ses diverses putasseries de prahime tahime. C'est ainsi que la télévision de M. Elkabbach s'est vu accorder des crédits spéciaux ce qui lui a permis de faire revenir à l'antenne le dénommé Arthur, une sorte d'égoutier des ondes hertziennes ou, dans une émission de Nagui, d'offrir de l'argent à quelqu'un pour qu'il montre son cul. Parallèlement, le gouvernement ne fait preuve d'aucune hâte — c'est une litote — pour réclamer à TF1 le paiement des amendes que le C.S.A. lui a infligées pour non-respect des règles du jeu et dont le montant total équivaut à plus de la moitié du budget des programmes de France Culture. Dans le même temps — pour récompenser les télévisions privées de fouler aux pieds les engagements qu'elles ont librement consentis — une loi nouvelle leur accorde à peu près toutes les facilités qu'elles souhaitent. Bref, l'argent va à ceux qui ne s'intéressent qu'à lui.

Pourtant, sur l'une ou l'autre des chaînes de Radio France, nous recevons de vous des lettres qui nous dispensent de toniques encouragements à continuer de jardiner cette oasis. Pourtant, c'est la radio qui a le mieux résisté au discrédit qui affecte l'ensemble des médias. Pourtant, ici, on ne fait pas du courtage de notoriété mais de l'information et on ne se croit pas plus important que ceux dont on parle ni que ce dont on parle. Sans doute, si la radio de service public était mieux défendue, elle ne serait pas aujourd'hui aux trois quarts muette. Sans doute ceux qui espèrent sa disparition pour arrondir leurs bénéfices auraient-ils moins de raisons de se lécher les babines. Sans doute aussi, bientôt, telle la chèvre de M. Seguin, nous remonterons sur la colline pour nous colleter avec tous ses loups. La fin de ce combat n'est pas une fatalité : elle est le produit du choix des uns, de l'incurie ou de l'incompétence des autres et du cynisme indolent qui, dans ce pays, passe pour une branche de l'art de gouverner.

Je vous souhaite le bonjour.
Nous vivons une époque moderne.

19 octobre 1994

Fraîcheur

Heureux habitants du Calvados et des autres départements français, le temps était serein, ensoleillé et tiède sur l'Andalousie lorsque, vendredi vers cinq heures de l'après-midi, la mère de Noémie commença à appeler sa fille par la fenêtre. Sans succès. « Cette fichue gamine doit encore jouer quelque part avec ce satané Victor », pensa la mère, qui se mit en devoir de trouver les deux enfants âgés de douze et treize ans. L'exploration de tous les lieux de rencontre et de jeu habituels ne donna aucun résultat. Aussi, on s'en fut chez les parents de Victor, au cas où ceux-ci auraient une idée de ce que les gamins pouvaient bien fabriquer. On revint bredouilles, mais non sans avoir transmis un peu de son inquiétude aux parents de Victor. L'inquiétude tourna à l'angoisse lorsque, le soleil commençant à disparaître, ni Noémie ni Victor n'avait donné le moindre signe de vie.

Les voisins accourus furent mobilisés. Des patrouilles armées de torches électriques furent constituées, les environs du village quadrillés et explorés toute la nuit, en vain. Le soleil du samedi se leva sur un bourg exténué, malheureux et même désemparé. La garde civile arrivée en renfort s'efforçait d'avoir l'air de pouvoir faire quelque chose en interrogeant les uns et les autres et en notant gravement les réponses recueillies. Le curé du village allait de l'un à l'autre en recommandant la prière. Les deux familles éprouvées, réunies chez les parents de Noémie, partageaient le café et l'omelette aux pommes de terre avant de reprendre les recherches, chacun s'efforçant de chasser de sa tête les hypothèses terribles qui s'y infiltraient quelquefois. Il était dans les dix heures du matin et l'air allait passer de tiède à chaud lorsque Noémie (douze ans) et Victor (treize ans) firent leur apparition à l'orée du village, droits, pas fatigués et se tenant par la main. On les interpella, ils refusèrent de rien dire. On les conduisit à la maison où leurs parents n'espéraient déjà presque plus et là, leurs mains toujours enlacées, Noémie et Victor déclarèrent à une assemblée médusée : « Nous voulons qu'on nous marie. »

Je vous souhaite le bonjour.

20 octobre 1994

Culturisme (bis)

Heureux habitants de la Côte-d'Or et des autres départements français, Georges Brassens, qui nous manque un peu plus chaque jour, chantait avec raison : « Nul ne peut aujourd'hui trépasser sans voir Naples. À l'assaut des chefs-d'œuvre, ils veulent tous courir... » C'est qu'il avait discerné, le bougre, que la culture était en train de supplanter la grosse bagnole allemande dans la panoplie des signes extérieurs de la réussite sociale. C'est d'ailleurs pourquoi on s'efforce aujourd'hui de l'enseigner dans nos écoles. Ainsi, par exemple, les enseignants d'arts plastiques ont-ils reçu un document leur fixant les objectifs à atteindre avec leurs élèves de sixième. Ces objectifs sont au nombre de trois. L'enfant doit savoir prospecter, contextualiser et circonstancier. Il prospecte, lorsque, je cite, « il examine et étudie minutieusement les enjeux de la problématique abordée, il parcourt toutes les possibilités de réponse afin de ne retenir que la plus pertinente et il s'achemine vers la meilleure visualisation pour concrétiser sa proposition plastique ». Dès qu'il a prospecté, l'enfant doit contextualiser, c'est-à-dire, je recite,

« situer son travail dans un environnement qui lui est signifiant, signifier clairement la destination de son projet pour le valider et maîtriser les origines de ses propositions ». Devenu prospectif et contextuel, l'élève de sixième n'a plus qu'à circonstancer, autrement dit, je re-recite, « prendre en charge les accidents de la mise en œuvre de ses propositions plastiques et se les approprier pertinemment pour les adjoindre aux produits de sa réflexion et de son activité plastique ».

Et c'est alors, mais alors seulement, que l'élève de sixième, régénéré par la prospection, équilibré par la contextualisation, perfectionné par la circonstanciation, c'est alors que l'élève de sixième, exhaussé au niveau du créateur par la directive du grand crâne d'œuf des arts plastiques, pourra, du geste tout à la fois auguste et modeste qu'ont eu avant lui Michel-Ange et Brancusi, sortir du four le magnifique cendrier en terre cuite qu'il vous offrira, madame, pour la fête des mères...

Je vous souhaite le bonjour.
Ne vivrions-nous pas une époque moderne ?

24 octobre 1994

Sagesse...

Heureux habitants de la Haute-Savoie et des autres départements français, pour répondre à la préoccupation d'efficacité ou, mieux, d'efficience, qui doit animer chaque homme moderne et chaque femme de la même farine dans son effort quotidien de construction des progrès du progrès, je n'ai de cesse de guetter les dernières inventions en matière de gestion, je me fais la vigie des innovations dans le domaine de la communication, je scrute l'horizon du management dans l'espoir d'y voir apparaître quelque nouveau gourou armé de quelque théorie décisive qui modifiera la face du monde... Disons-le, si j'ai quelquefois glané ici une méthode aux allures prometteuses et grappillé là des conseils qui pouvaient n'être pas totalement inféconds, disons-le, je n'avais, jusqu'ici, pas encore mis la main sur quelques principes inébranlables, pertinents et confirmés par l'expérience et dont la diffusion me vaudrait la reconnaissance de tous ceux d'entre vous qu'un sort cruel oblige à gagner leur vie en travaillant. Eh bien, laissez-moi vous annoncer la bonne nouvelle : ces principes, je les ai trouvés dans un manuel de gestion étatsunien, résumés en cinq lois qui portent chacune le nom de son découvreur.

Voici donc, premièrement, la loi dite de Murphy : « Dans l'exécution d'une tâche ou la marche d'un projet, si quelque chose risque d'aller de travers, il ira de travers. » Lui fait suite la loi de Chisolm : « Chaque fois que quelque chose semble aller mieux, c'est que vous venez de commettre une erreur d'appréciation. » Ce que complète la loi de Finagle : « Une fois que quelque chose a commencé à cafouiller, tout ce qui est fait pour redresser la situation la rend pire. » En contrepoint de ces trois propositions dont chacun d'entre nous a pu vérifier la pertinence, la loi de Weiler ajoute que « rien n'est impossible pour l'homme qui ne devra pas le faire lui-même » et celle de Crane couronne cet édifice de maximes en affirmant qu'« il n'y a pas de repas gratuit ».

Nous vivons une époque moderne.
Je vous souhaite le bonjour.

25 octobre 1994

Néo-paganisme

Heureux habitants de la Guadeloupe et des autres départements français, connaissez-vous le *branding* que l'on pourrait appeler en français le marquage ? Le marquage est une discipline adventice du marketinge qui étudie la nature, la composition et le contenu inconscient de l'image de marque d'un produit dans la cervelle des consommateurs. Il paraît que cette discipline a aujourd'hui une importance capitale dans l'art de la vente car nous n'achetons plus pour satisfaire un besoin élémentaire mais pour éprouver une émotion que ce produit est capable de déclencher en nous. Le pape du marquage semble être un certain Paul Southgate. Il a établi que, partout dans le monde, celui qui fait l'emplette d'une boîte de Coca-Cola achète en fait de la jeunesse et de l'exubérance, que Perrier signifie élégance, Rémy-Martin, snobisme, B.M.W., sérieux, et que Marks and Spencer symbolise la gestion domestique du bon père de famille.

Fort des principes du marquage, M. Southgate vient de s'intéresser à la guerre des lessives, ce conflit cosmique qui oppose les marchands de poudre à laver. La marque Persil vient d'y mordre la poussière et chacun croyait qu'elle devait cette défaite à la mauvaise réputation d'un agent blanchissant nouvellement introduit dans sa poudre et accusé de détruire les chemises avec les taches. Il n'en est rien, explique M. Southgate. Naguère, Persil était inconsciemment identifiée à l'image d'une grand-mère toujours souriante et capable de tout supporter. En ajoutant un agent nouveau, on a changé son nom en Persil-Power, Persil-puissance, et ce nom a conduit la lessive à être identifiée à un homme jeune, agressif, battant. Autrement dit, développe M. Southgate, on a fait subir à cette lessive un changement de sexe. Les consommateurs ne l'ont pas supporté car, je cite, « ils sont entrés dans une phase d'anthropomorphisme et identifient de plus en plus les produits à des hommes ».

Certains esprits chagrins vont accueillir cette révélation avec accablement. Consolons-les en leur faisant observer que ce pourrait être pire et que les consommateurs pourraient identifier les produits à des dieux.

Nous vivons une époque moderne.
Je vous souhaite le bonjour.

26 octobre 1994

Boudin rocardien

Heureux habitants des Hautes-Pyrénées et des autres départements français, comme beaucoup d'entre vous, je pense, j'éprouve une certaine lassitude à voir défiler les sondages cherchant à préfigurer le résultat de la prochaine élection présidentielle. C'est pourquoi j'ai pris connaissance avec plaisir d'une étude d'opinion commandée par une grande marque de margarine et portant sur les plats préférés des Français. Avec plaisir et avec profit car cette étude est riche d'enseignements. Qui se doutait en effet que nos compatriotes plaçaient en tête de leurs mets favoris les coquilles Saint-Jacques à la poêle, qu'elles étaient suivies par le lapin à la moutarde lequel devance de justesse le bœuf bourguignon qui dépasse d'une courte tête la blanquette de veau ?

Hélas, l'institut B.V.A. qui a réalisé cette plongée dans nos préférences n'a pas pu s'empêcher de les croiser avec nos opinions politiques. On apprend ainsi de curieuses choses et d'abord que les giscardiens et les tapistes (ou les tapeurs, je ne sais pas comment on doit dire) partagent la même dilection pour le lapin à la moutarde qu'ils placent en tête de leur classement. Les lepénistes en tiennent pour la blanquette de veau. Les communistes, pour le bourguignon. Les balladuriens comme les deloristes et les deloriens comme les balladuristes sont les plus convaincus des amateurs de cuisine légère : les coquilles Saint-Jacques ont donc leurs plus ardentes faveurs et, comme ce choix est celui de la majorité des Français, on pourrait en conclure que MM. Balladur et Delors seront difficiles à départager. Ne nous hâtons pas, cependant, de proférer une telle conclusion car on apprend dans la même étude que les chiraquiens aiment tout. Ce caractère omnivore des chiracophiles devrait inquiéter les autres concurrents. Toutefois, l'étude ne dit pas si les chiraquiens sont également anthropophages.

Enfin, à ceux qui souhaiteraient voir M. Rocard jouer de nouveau un rôle de premier plan, j'annonce une mauvaise nouvelle. Les rocardiens, en effet, placent très haut le boudin-purée, plat sans doute délicieux mais qui n'est apprécié que de 3 % des Français. On voit par là que la vérité séjourne au fond des assiettes.

Je vous souhaite le bonjour.
Nous vivons une époque moderne.

27 octobre 1994

Méli-mélomane

Heureux habitants de la Creuse et des autres départements français, ça n'est pas pour vous flatter mais votre bagage culturel s'alourdit d'année en année et nous serons bientôt si férus de tous les arts que l'on devra construire de nouveaux théâtres, de nouveaux musées, de nouvelles salles de concert. En attendant ce jour et pour le préparer, certaines industries culturelles organisent des sortes de sessions de rattrapage à domicile pour ceux qui n'ont pas eu la chance d'avoir, dès leur enfance, commerce avec l'art. C'est ainsi que la firme de disques Deutsche Gramophon met sur le marché un livret de cent pages et un disque compact qui contient vingt extraits d'œuvres classiques universellement connues et appréciées. Le livret présente brièvement les œuvres dont les extraits sont écoutables sur le disque, et quelques autres que l'on incite à écouter et qui sont disponibles en collection économique. L'idée est bonne. Elle serait même excellente si les œuvres présentées par le disque comme par le livret n'étaient pas regroupées en six rubriques intitulées : apaisant, dépaysant, émouvant, grandiose, profond, stimulant. Ces qualificatifs sont un non-sens. Ainsi par exemple M. Deutsche Gramophon classe-t-il le quatrième *Prélude* de Chopin parmi les morceaux apaisants. Or il m'arrache personnellement les larmes du corps. Le *Concerto d'Aranjuez* est classé dépaysant. Or il me fait mourir de rire à cause de son insistance à provoquer l'émotion. Le grand chœur de *Nabucco* est rangé officiellement parmi les grandioses. Je l'aurais mis à la rubrique émouvant, à cause de la révolution italienne dont il fut l'hymne officieux... Quant au caractère stimulant du *Magnificat* de Jean-Sébastien Bach, je voudrais bien savoir ce qu'il stimule chez M. Deutsche Gramophon parce que, chez moi, il ne stimule que la glande à souvenirs. Vous allez me dire : on se fiche pas mal de l'effet que te fait telle ou telle musique, oncle Philippe. Je vous répondrai que j'espère bien, en effet, que cela vous est équipolaire, car justement, ce que la musique possède en propre c'est de ne tenir aucun discours et c'est donc à chacun d'en avoir l'entendement qui lui convient le mieux. Il n'y a que la musique militaire qui veuille dire quelque chose... Ce n'est pas, en général, la préférée des mélomanes.

Je vous souhaite le bonjour.
Nous vivons une époque moderne.

31 octobre 1994

Vialatte

Heureux habitants du Gers et des autres départements français, vu le jour que nous sommes, je ne peux m'empêcher de vous annoncer deux nouvelles. Enfin trois. Une mauvaise et deux bonnes. Je commence par la mauvaise : vous allez mourir. Voici maintenant la première bonne : moi aussi. Et enfin, la seconde bonne, qui est même excellente : la mort n'est pas une fin irrémédiable puisque, plus de vingt ans après sa disparition, Alexandre Vialatte conquiert chaque année de nouveaux lecteurs. Ce sera encore le cas cet automne, puisque les éditions Pocket publient ses *Chroniques des grands micmacs*. C'est d'ailleurs à la page 251 de cet ouvrage que j'ai découvert l'information que je vous donnai en ouverture de cette chronique, à savoir que nous allons tous mourir. « Nous n'y croyons à vrai dire qu'à moitié, note Vialatte. C'est une triste nécessité que l'homme envisage sans ardeur véritable. Il se sent pris, face au saut à faire, d'on ne sait quelle timidité de l'âme, d'on ne sait quelle mollesse du jarret. » Ne croyez pas cependant que, dans ce nouveau volume de chroniques, Vialatte ne s'abandonne qu'à de sombres méditations. Il s'attache également à la polygamie et en observe les joies et les misères. « L'homme, remarque-t-il justement, aspire à avoir un grand nombre de femmes. Elles lui facilitent l'existence. L'une tient l'échelle, l'autre lui passe les clous, la troisième, le marteau et les tenailles et la quatrième le tableau. La cinquième tient le mercurochrome et les pansements tout prêts pour l'écrasement du pouce. Aussi chacun voudrait-il être polygame. L'homme d'aujourd'hui aime à gagner du temps. »

Aucun sujet ne rebute Vialatte. Ni les soucis des souverains, ni la guerre navale, ni l'histoire de Rome, ni les spectacles de Paris. Avec lui, on ne perd pas de temps à réfléchir à l'absurdité du monde, on y entre de plain-pied. Et, bien entendu, on y trouve une logique : « "Si tu n'aimes pas la soutane, ne mange pas le missionnaire", conseille un proverbe bantou. Ce qui prouve — ajoute Vialatte — combien le Bantou est peu civilisé : il ne sait même pas éplucher les légumes. »

Je vous souhaite le bonjour.
Nous vivons une époque moderne.

2 novembre 1994

Marketingue pastoral

Heureux habitants de la Meuse et des autres départements français, le révérend Jonathan Blake desservait une paroisse du sud-est de Londres lorsqu'il fut visité simultanément par un jeune couple et par le Saint-Esprit. Le jeune couple lui dit : « Le pasteur de notre paroisse refuse de baptiser notre enfant parce que nous n'allons jamais à l'office. Accepteriez-vous de procéder à sa place à la cérémonie ? » Le Saint-Esprit, quant à lui, ajouta : « Ces gens-là ne doivent pas être les seuls dans leur situation, Jonathan. Est-ce que, pour un jeune prêtre entreprenant, il n'y aurait pas là un marché prometteur. » Le révérend Blake baptisa le rejeton du couple de mauvais chrétiens et l'intuition du Saint-Esprit fut confirmée dans les semaines qui suivirent. De même qu'un médecin qui accorde sans barguigner des certificats médicaux de complaisance voit se remplir sa salle d'attente, le révérend Jonathan Blake vit affluer vers lui des chrétiens anglicans désireux d'obtenir de lui les services que leur refusait leur pasteur ordinaire. Des fiancés obtinrent qu'il les marie non dans une église mais en plein air au sommet d'une falaise ; une dame seule, qu'il préside à l'enterrement de son chien au pied d'un poirier de son jardin ; un couple, qu'il baptise leur enfant dans un café... Devant l'affluence de la demande, le révérend Blake décida donc de démissionner de sa paroisse et de s'établir pasteur indépendant — free lance comme on dit en anglais. Tout le Royaume-Uni peut désormais avoir recours à ses services. Il les présente dans une brochure envoyée par la poste : « Le Rvd Jonathan Blake, proclame ce document, vous offre un très large assortiment de services : confession, conseil, baptême, mariage, enterrement, arbitrage et résolution de conflits, exorcisme et même ateliers de danse et d'expression orale. Chaque demande particulière peut être étudiée. Tarif unique : 30 livres de l'heure. » Le pasteur précise qu'il accomplit son devoir dans le costume et la mise en scène — pardon, la liturgie — que le client préfère : habits sacerdotaux, costume de ville ou même déguisement. Il lui est arrivé d'accomplir son office déguisé en pirate. La brochure ne précise pas si, pour faire appel aux services du révérend Jonathan Blake, il est nécessaire de croire en Dieu... Cela explique sans doute que, depuis qu'il s'est mis à son compte, le pasteur, bien qu'il travaille sept jours par semaine, ne parvienne pas à satisfaire la demande...

Nous vivons une époque moderne, ne vivons-nous pas ?

Je vous souhaite le bonjour.

3 novembre 1994

Français amélioré

Heureux habitants des Alpes-Maritimes et des autres départements français, la nécessité de faire un peu de place dans un placard m'ayant conduit à ce remplacement d'un désordre par un autre que l'on appelle rangement, un prospectus est tombé d'une pile de papiers et ce prospectus présente, si j'en juge par le dessin qui l'adorne, une paire de chaînes adaptables sur les roues motrices d'un véhicule automobile lui permettant de garder le cap sur une route enneigée ou verglacée. Je dis si j'en juge par le dessin car le texte qui présente cet appareil commercialisé par un industriel sud-coréen, bien qu'il soit censé être dans notre langue, n'est que relativement explicite. Qu'on en juge :

« L'appareil de prévenir le glissement pour conduire sûrement sur la rue gelée et la neige se fait fixer les pointes pour marcher à l'extérieur des roues.

« Arrêté de conduire, le chauffeur peut confectionner simplement l'appareil de prévenir le glissement pour pouvoir être marché sur les pointes extérieures continuellement et répétitivement et pour être conduit sûrement sur la rue gelée en prévenant le dommage de la route et aussi le grand bruit. »

Et le prospectus de conclure : « Cet avantage d'utilité est caractéristique. » Et sans doute réciproquement.

La lecture de cette littérature commerciale traduite du sud-coréen ne m'a pas seulement poussé à méditer sur le babélisme commercial contemporain et sur ses pittoresques ravages linguistiques : cette lecture m'a amené à me souvenir que M. Chung, l'ancien chef de l'Opéra-Bastille, est, comme l'industriel inventeur de cet appareil à prévenir le glissement, citoyen de la Corée du Sud. Et, compte tenu de la somme considérable que M. Chung a encaissée à l'occasion de son licenciement, je me suis demandé si son contrat n'avait pas été rédigé dans le même français que ce prospectus.

Je vous souhaite le bonjour.
Nous vivons une époque moderne.

4 novembre 1994

Preuve de l'existence du sexe

Heureux habitants du Jura et des autres départements français, bien que ce ne soit pas le printemps et que l'on n'observe aucune montée particulière de sève, cette chronique revêtira ce matin un caractère gaulois, pour ne pas dire dévergondé.

Je suis en effet informé de la prochaine tenue à Paris des 20es Journées annuelles de la Société française de sexologie clinique, journées qui se termineront par une soirée dansante dans un établissement de plaisir connu de la banlieue ouest. Plusieurs commissions réuniront les participants à ces journées. L'une d'entre elles, animée par un médecin rennais, est intitulée : « Vingt ans d'éjaculation prématurée. » J'espère que l'on y célébrera la patience des épouses. Une autre table ronde, animée par un médecin de Tours, a pour thème une question : « En cette fin de XXe siècle, le sexe existe-t-il encore et à quoi sert-il ? » Personnellement, je ne suis pas qualifié pour répondre à la seconde partie de cette question. Par contre, je peux hardiment assurer les congressistes que, en cette fin de XXe siècle, le sexe existe toujours. J'en ai la preuve formelle ; je vous la livre. (N'ayez pas peur, mademoiselle Martin.)

Je lis en effet dans le *Bulletin officiel des marchés publics* du 24 octobre, à la page 118, l'avis d'appel d'offres suivant : le service des marchés généraux du commissariat de la marine nationale lance un appel d'offres pour 350 000 préservatifs masculins lubrifiés avec ou sans réservoir, en deux lots, le premier de 200 000 unités à livrer avant le 1er mars, le second de 150 000 à livrer avant le 1er juillet. Pour prouver que le sexe existe encore, il ne nous reste plus qu'à résoudre un problème de robinet : sachant que la marine nationale compte 64 200 militaires dont 62 000 de sexe masculin et en estimant que seuls les 18 650 appelés seront destinataires des préservatifs commandés par cet appel d'offres, et considérant qu'entre le 1er mars et le 1er juillet, la marine pense avoir consommé 200 000 unités de ces préservatifs, on peut estimer à 10,7 le nombre de bordées tirées par les appelés en quatre mois, soit 2,68 par mois — ce qui prouve que le sexe existe ; à moins que les 62 000 marins ne soient tous destinataires de ces préservatifs, ce qui établit le nombre de bordées par quadrimestre à 3,2 soit 0,8 par mois, ce qui prouve que le sexe n'existe pratiquement plus.

Quant à savoir avec qui, vous demanderez aux matelots la prochaine fois que vous aurez l'occasion de leur toucher le pompon.

Je vous souhaite le bonjour.
Nous vivons une époque moderne.

8 novembre 1994

Boxe chromatique

Heureux habitants de la Loire et des autres départements français, vous vous êtes livrés à la gymnastique suédoise comme le baron de Coubertin. On vous a dit que c'était trop militaire, vous êtes passés en quelques années de la gymnastique à l'antigymnastique de Mme Thérèse Bertherat, de l'antigymnastique à l'aérobic de Véronique et Davina, de l'aérobic au stretching, du stretching au stepping, du stepping au torturing, du torturing au zen et du zen au... Ça suffit, arrêtez tout, j'ai ce qu'il vous faut : « Un sport intégral », déclare son promoteur, un « sport intégral » qui est aussi, je cite, « un acte novateur, un chemin intérieur, un guide des perceptions et même un élan vital ».

Et quel est-il, ô chroniqueur matutinal, ce sport aussi complet que bienfaisant ? C'est la boxe, auditeurs matutinaux. La boxe ? Oui, mais pas n'importe laquelle, la boxe chromatique. Ne cherchez pas, c'est très nouveau et le concepteur de la chose la définit comme, je recite : « Le vecteur de la découverte individuelle de la relation intime existant entre le mouvement et le tempo. » Il précise même que « la boxe chromatique est un esprit, une éthique et une philosophie, qu'elle est conviviale, majeure et authentique, qu'elle aboutit à un rapport d'équilibre entre le savoir-faire et son propre savoir-être, qu'elle permet l'acquisition d'une connaissance supérieure de son corps et favorise une attitude de sécurité. » Fin de citation et fermez le ban.

Elle est, cette boxe chromatique, « moderne, esthétique et efficace » et, nous apprend son créateur, Clémentine Célarié et Jean-Luc Delarue en usent pour leur bien-être... Vous brûlez de savoir en quoi consiste ce noble art... eh bien, c'est — et je cite à nouveau — « un composite de boxe française et du rayonnement intérieur propre à chacun ». Bon. La boxe française, on voit. Ça consiste à mettre son pied dans la figure de quelqu'un, mais pourquoi et en quoi chromatique ? Parce qu'elle utilise, « pour engendrer un état intérieur, une gamme de demi-tons de lumière et de son », nous informe l'inventeur qui précise que le nom de boxe chromatique vient du latin *chroma*. Je ne voudrais pas contrarier quelqu'un qui est capable de m'envoyer son pied dans la mâchoire, mais *chroma* vient du grec. C'est plutôt charlatan qui vient du latin.

Je vous souhaite le bonjour.
Nous vivons une époque moderne.

9 novembre 1994

Pédophobie

Heureux habitants de la Marne et des autres départements français, vous, je ne sais pas, mais Mlle Martin et moi, quand nous étions petits et que nous avions été sages, la maîtresse nous emmenait au cirque dans un car affrété par la municipalité. On nous distribuait du chocolat pour notre quatre-heures. On le faisait fondre à travers le papier d'argent et on en étalait avec le doigt sur le nez de notre voisin de derrière, par surprise. La maîtresse disait que l'année prochaine elle ne nous emmènerait plus, elle torchait les visages chocolatés avec un grand mouchoir à carreaux et, pour calmer son petit monde, elle nous faisait chanter *Frère Jacques* ou bien *Colchiques dans les prés*. Nous, on préférait « Plus vite chauffeur, plus vite chauffeur, plus vite », mais ça mettait le chauffeur en colère et il disait qu'arrivé au cirque, il donnerait les plus turbulents d'entre nous à bouffer aux lions.

Les lions avaient déjà dû bouffer beaucoup d'écoliers turbulents car ils avaient des gros ventres qui traînaient par terre et ils ne se déplaçaient guère plus vite que les vieux de l'hospice. Il y avait aussi des chiens savants dont l'un savait compter jusqu'à 10, ce qui était mieux que Nafrechoux, le cancre du cours moyen deuxième année. Il y avait aussi un couple de trapézistes et je me souviens que, pendant qu'ils se jetaient à la rencontre l'un de l'autre et se croisaient au-dessus de nos têtes, les filles fermaient les yeux, sauf une qui me tirait par la blouse en criant, pleine d'espoir : « Ils vont tomber, ils vont tomber. » Enfin venait la cerise sur le gâteau : le clown. Le clown faisait l'andouille de mille façons si diverses que nous en avions pour des semaines à essayer de l'imiter... Cette tradition d'envoyer les enfants au cirque ne s'est pas perdue. Toutefois, elle est transformée. Ainsi les trois cents enfants des écoles maternelles d'Artigues, près Bordeaux, dans le département de la Gironde, ont-ils été invités par leur mairie à un spectacle de clown donné à la salle des fêtes municipale. Un fameux clown, qu'on leur a offert ! Comme dans le monde entier, à Pékin, à San Francisco, à Moscou, à Berlin, à Tokyo. Un clown international, baptisé Ronald MacDonald et chargé de servir d'enseigne au marchand de bouffe industrielle du même nom. On voit par là les progrès du progrès : désormais on prépare très tôt les enfants à affronter le pire. Tout de même... dans le Bordelais où il fait si bon s'attarder à table, familiariser les enfants des classes maternelles avec l'univers du fast-food, ça ne serait pas une sorte de gastronomicide ? Enfin, personne n'est obligé d'aimer les enfants...

Je vous souhaite le bonjour.
Nous vivons une époque moderne.

10 novembre 1994

Stress de la relaxation

Heureux habitants des Hautes-Alpes et des autres départements français, la semaine passée, si vous étiez entré dans la salle des congrès de l'hôtel Executive de Milan, vous auriez aperçu un peu plus d'une centaine de personnes assises par terre et en ligne, en costume de ville, et vous auriez entendu un monsieur debout, en tenue de sport, leur commander de lever lentement la jambe gauche... Bon, tenez... comptez 1, 2, 3, 4, 5, lâchez. La jambe droite, maintenant, 1, 2, 3, 4, 5... respirez, lâchez les muscles, rentrez le ventre, souf-flez... Le troisième congrès organisé par la revue italienne de psychosomatique, ayant pour thème « Le stress », avait à son programme une séance obligatoire de relaxation avant l'ouverture des travaux. Quoique l'on puisse ergoter sur le caractère judicieux de l'obligation de se relaxer, on remarquera que les congressistes, en plus de lever la jambe pour mieux ouvrir leurs oreilles, disposaient également de divers stands de distribution de boissons à base d'herbes naturelles et biologiques ainsi que d'un stand d'apprentissage de la respiration dialectique dont le principe consiste à transformer le stress d'énergie oppressante en énergie libératrice et dynamisante. Si j'ai bien compris, cela se fait par le moyen d'une sorte de danse du ventre où l'on fait adopter à son abdomen tantôt la voie de la concavité, tantôt la voie de la convexité. Après s'être bien relaxés par ces diverses méthodes, les congressistes ont entendu le compte rendu d'un sondage effectué auprès d'un échantillon représentatif de la population italienne et portant sur les plus importantes causes du stress. Dans l'ordre décroissant, ce qui stresse le plus nos voisins péninsulaires ce sont : les problèmes financiers, les rapports sexuels, la recherche d'un travail, la perspective de devoir faire un régime et, en dernier lieu, la situation générale de l'Italie. Admirons que la vie sexuelle constitue pour les Italiens un sujet d'angoisse plus fort que l'état général de leur pays mais morigénons-les cependant : à trop s'inquiéter des choses futiles, et de son lit, on se retrouve couché avec M. Berlusconi et là, il est trop tard pour espérer trouver le calme en faisant le ventre convexe et le ventre concave...

Je vous souhaite le bonjour.
Nous vivons une époque moderne.

14 novembre 1994

Modeste contribution

Heureux habitants de l'Aude et des autres départements français, il ne vous a pas échappé qu'il pleut des mises en examen sur les hommes politiques. Certains s'en réjouissent au nom du principe de l'égalité devant la loi. D'autres s'indignent des conséquences qui en sont tirées en rappelant la règle de la présomption d'innocence. Mais comme les uns et les autres tiennent absolument à ce qu'on ne les confonde pas avec les délinquants supposés, ils tombent d'accord sur le fait qu'on couperait le mal à sa racine en interdisant aux entreprises de financer les partis politiques, même au grand jour et dans certaines limites. Cependant, comme ceux qui proposent cette mesure sont eux-mêmes membres — et parfois éminents — d'un parti politique, ils proposent que le financement de leurs organisations soit désormais assuré par l'État. J'aimerais à ce sujet élever une objection timide. Je ne crois pas discutable que les partis sont nécessaires à l'exercice de la démocratie et d'ailleurs on ne connaît pas d'exemple de démocratie qui s'en passe, même si le mot de parti recouvre des réalités différentes.

Cependant, en France, les partis ne souffrent pas seulement d'un discrédit lié à leurs modes de financement. Ils pâtissent du fait qu'ils sont devenus des machines à fabriquer des élus et qu'ils sont de moins en moins des intermédiaires entre des citoyens d'une même famille de pensée et des gouvernants. En gros, et depuis une vingtaine d'années, les organisations politiques sont de moins en moins militantes et de plus en plus axées sur la promotion de leurs propres membres. Chacune d'entre elles affirme vouloir se corriger de ce défaut et infléchir cette évolution. Est-ce les y aider que de leur assurer grâce à l'argent public une sorte de trésorerie permanente ?

N'y aurait-il pas un autre moyen, qui soutiendrait les partis politiques dans leur volonté de se réformer eux-mêmes et de se soucier un peu plus de leur représentativité ? Si on part du principe qu'une organisation doit normalement trouver ses ressources dans les cotisations de ses adhérents et si on corrige ce principe par l'observation réaliste que ces cotisations sont assez souvent difficiles à obtenir, ne pourrait-on pas décider par une loi que tout versement effectué par un particulier à un parti sera intégralement déductible de son impôt sur le revenu ? De cette manière, il me semble que l'État et les citoyens supporteraient chacun la moitié de l'effort nécessaire et que les partis politiques seraient soutenus dans leur résolution de se corriger ?

J'ajoute même que ce serait moderne.

Je vous souhaite le bonjour.

16 novembre 1994

Mathématiques ferroviaires

Heureux habitants du Morbihan et des autres départements français, voilà lurette que je n'ai pas eu l'occasion de vous entretenir de notre Société nationale des chemins de fer, celle grâce à qui tout est possible, même de rendre le nom de Socrate objet de l'exécration universelle. Quand je dis « grâce à qui tout est possible », je dis « grâce à qui tout est possible », y compris des choses que, dès l'école primaire, on nous enseignait comme totalement infaisables et même, au sens littéral de ces mots, inconcevables et inimaginables. Vous voulez un exemple ? En voici un que je tiens — documents à l'appui — d'un auditeur sachant auditer.

Soit une famille composée de trois personnes : le père, le fils et le chien, qui entend se rendre par le train de 11 h 12 de Paris-Gare de Lyon à Ollioules-Sanary en deuxième classe fumeurs. Qu'y a-t-il de commun entre les membres de ce trio de voyageurs, à part l'affection qu'ils se portent les uns aux autres, du moins tout le laisse accroire. Il y a de commun que, selon les règles et barèmes en vigueur à la SNCF, ils ont tous droit au « demi-tarif ». Le père, parce qu'il possède un Modulopass, le fils parce qu'il jouit d'un Carissimo et le chien parce qu'il est chien et que, de temps immémoriaux, les canidés paient la moitié du prix du billet des hommes. C'est ici qu'intervient, comme on dit dans Prévert, le miracle annoncé plus haut : quand le père a réglé son billet à 50 % pour le train de 11 h 12, il lui en a coûté 202 francs. Quand le fils a acquitté son titre de transport à 50 % pour le même trajet dans le même convoi, il a dû débourser 185 francs. Et enfin, lorsque le tour du chien est venu de se munir d'un billet à 50 % pour accompagner les deux autres voyageurs, c'est 171 francs qu'on lui a réclamés. C'est ainsi qu'en dépit de ce que M. Rayée, instituteur au groupe scolaire Louis-Pasteur de La Celle-Saint-Cloud, Seine-et-Oise, enseignait en 1956, j'ai pu constater de mes yeux que la moitié d'une même somme peut avoir trois valeurs différentes. Peut-être même davantage. Il est possible que si les ingénieurs construisaient des ponts en se basant sur cette mathématique, en plus des émotions intellectuelles comme celle que vous avez, je l'espère, ressentie à ce bouleversement de vos connaissances, la S.N.C.F. nous offrirait des émotions physiques d'un genre que je qualifierai de définitif.

Nous vivons une époque moderne.
Je vous souhaite le bonjour.

17 novembre 1994

Amélioration de la race

Heureux habitants du Puy-de-Dôme et des autres départements français, comme le chômage ne baisse pas — c'est une litote —, beaucoup de nos contemporains constituent pour les instituts de formation une clientèle à la fois nombreuse, pleine de bonne volonté et crédule. Par ailleurs, comme chaque profession tend à insister de plus en plus lourdement sur sa haute technicité, ceux qui ont déjà un emploi s'inquiètent de savoir s'ils seront assez performants — comme on dit dans les milieux distingués — pour le conserver. Là encore, les instituts de formation flairent le gibier et ils inondent les clients potentiels de prospectus exaltés et mirifiques. Ainsi, celui que j'ai sous les lunettes et qui se présente comme, je cite, « une équipe qui intervient autour de quatre axes », ce qui prouve que c'est une équipe souple, pour ne pas dire une équipe de contorsionnistes. Ces quatre axes sont : le management, la vente et le marketinge, l'animation et la motivation des hommes et enfin la formation de pédagogues.

Pour parvenir à l'excellence dans ces quatre domaines, l'institut dont la littérature publicitaire m'est parvenue a une méthode bien à lui. Elle se parfume du nom de Programmation Neuro-Linguistique.

Cette programmation neuro-linguistique se définit comme une méthode pour découvrir, synthétiser et transférer des comportements et des croyances d'une personne à une autre. On atteint ces objectifs en apprenant — je cite toujours — « à accéder à ses propres ressources personnelles et à celles des autres ainsi qu'à leurs zones d'excellence, à reconnaître sa propre cohérence interne et à intervenir de façon éthique et écologique dans son entreprise pour y créer les changements que l'on désire ». L'un des moyens proposés pour cet apprentissage est l'hypnose. Plus précisément l'hypnose éricksonienne qui se subdivise en autohypnose et en hypnose des autres. Le tout s'apprend en vingt et un jours et coûte la modeste somme de 34 690 francs et 50 centimes, toutes taxes comprises.

J'ose espérer que M. le directeur général de Radio France va accepter de m'envoyer dans cet institut dans le cadre de nos programmes de formation permanente. Il y a trop longtemps que je brûle du désir d'hypnotiser Mlle Martin afin d'accéder à ses ressources naturelles et à ses zones d'excellence...

Nous vivons une époque moderne.
Je vous souhaite le bonjour.

21 novembre 1994

Mots exquis

Heureux habitants de la Charente-Maritime et des autres départements français, ce n'est pas pour me vanter mais Noël approche et il va falloir penser à ce que vous mettrez dans les chaussures aimées, comme disent les poètes. Que diriez-vous d'offrir un livre ? Je vous en proposerai plusieurs d'ici que le jour fatidique arrive, mais en voici déjà un gros, à 249 francs et de 750 pages. C'est une sorte de dictionnaire, c'est-à-dire, selon feu Roland Barthes, « une machine à rêver », et, selon le regretté Alexandre Vialatte, « une bien belle chose et qui contient tout ». Et il ajoutait : « Dieu lui-même, qu'est-ce, au fond, sinon un *Larousse* en plus complet ? »

Ma sorte de dictionnaire, signé par Claude Gagnère et publié par Robert Laffont, s'intitule *Des mots et merveilles*. C'est la suite de *Au bonheur des mots*, d'agréable mémoire. On y trouve un grand pêle-mêle de définitions inutiles, comme celle de la couleur dite « cuisse-de-nymphe-émue » que l'on apprend ainsi à distinguer de la couleur marengo. On y trouve des devises. Celle de Du Guesclin : *Dat virtus quod forma negat*, autrement dit : « Le courage donne ce que la beauté refuse. » Celle du comte de Mirabeau : *Juvat pietas*, autrement dit : « La piété réjouit », devise qu'il murmurait peut-être lorsqu'il escaladait, à Aix-en-Provence, les balcons de ses Juliette. On y rappelle que Maastricht fut, sous l'empire, le chef-lieu du département de la Meuse-Inférieure. On y découvre un florilège de paradoxes. Celui-ci, signé saint Augustin : « Le bonheur, c'est de désirer ce que l'on a. » Celui-là, de la main d'Eugène Ionesco : « Si l'air est si pur à la campagne, c'est parce que les paysans dorment la fenêtre fermée. » On y trouve même une anthologie des dictionnaires. Le dictionnaire du parfait cynique, par exemple, qui donne au mot avortement une définition signée de Roland Topor : « Je suis contre. Tuer un être humain avant qu'il soit devenu un bébé est inadmissible. C'est une preuve d'impatience. » Ou cette définition, issue du dictionnaire du *Canard enchaîné*, du mot « fuir » : prendre son courage à deux pieds. Ou enfin, extraite du dictionnaire du snobisme de Philippe Jullian, cette précise définition du snob : homme qui envoie son chien apprendre à aboyer à Londres...

Je vous souhaite le bonjour.
Nous vivons une époque moderne.

23 novembre 1994

Malheur des uns...

Heureux habitants de l'Eure-et-Loir et des autres départements français, ce n'est pas pour me vanter, mais c'est la crise et il n'est pas d'économiste qui ne prévoie qu'elle est là pour encore un moment. Et cette crise ne frappe pas qu'à nos portes. Nos voisins italiens doivent eux aussi l'affronter, et pas qu'un peu. À Rome, le mont-de-piété n'a jamais eu autant de visiteurs ni conclu autant d'affaires. Durant la seule semaine dernière, douze mille visiteurs ont frappé à la porte de cette institution née il y a mille trois cents ans pour venir en aide à ceux qui ne trouvaient nulle part la possibilité d'emprunter. On venait au mont-de-piété engager des casseroles, du petit mobilier et même des hardes, tel ce personnage de *La Bohème* qui y porta son manteau troué en lui chantant un adieu déchirant que fredonnaient nos grands-pères : « Vecchia zimara senti, Io resto al pianto tu accendere il sacro monte or devi Le mie grazie ricevi !... »

Cela dit, *La Bohème*, c'était bon pour la fin du siècle dernier. À la fin du nôtre, la crise ayant été précédée, et notamment en Italie, de quelques années d'une prospérité copieuse, ce ne sont plus des gabardines rapiécées que l'on dépose au mont-de-piété de Rome, mais des visons. Les caves de la charitable institution en renferment aujourd'hui quarante mille. On peut donc observer, ces derniers temps, des personnes ayant jadis fréquenté le Capitole venir se dépouiller de leurs fourrures aujourd'hui qu'elles sont plus facilement imitées du côté de la roche Tarpéienne. Mais on peut aussi voir des automobiles avec chauffeur débarquant des passagers élégants qui s'engouffrent sous le porche du mont-de-piété. Ceux-là ne viennent point déposer. Ils viennent acheter. Acheter les visons, les tapis précieux ou les bijoux que leurs propriétaires ont laissés en gage d'un emprunt qu'ils n'ont pas pu rembourser. Tous ces objets sont vendus aux enchères et mis à prix le cinquième de leur valeur marchande. C'est dire s'il y a des affaires à faire ! Et comme l'époque est aux cadeaux, les toujours fortunés viennent se fournir à bon compte au mont-de-piété grâce aux revers qu'ont connus ceux que la fortune n'a caressés qu'un temps... Ainsi, l'institution inventée pour permettre aux pauvres de survivre sert désormais aux riches de soldes de Noël. Tout change, même les crises. D'ailleurs, le directeur du mont-de-piété de Rome s'appelle il signor Appetito...

Je vous souhaite le bonjour.
Nous vivons une époque moderne.

24 novembre 1994

Mon vers n'est pas grand...

Heureux habitants du Val-d'Oise et des autres départements français, si j'en juge par la quantité de lettres qui me réclament la copie ou la référence d'un poème lorsqu'il m'arrive de vous en lire un matutinalement, la poésie vous est une friandise nonpareille. Réjouissez-vous donc et portez sans tarder vos pas chez votre libraire. Il s'y trouve depuis peu une *Anthologie des poètes délaissés*, publiée par La Table ronde et signée de Pierre Dauzier et Paul Lombard. Mon second est un ténor du barreau, mon premier un cador de l'industrie de la communication et mon tout un duo inspiré qui réussit joyeusement à nous entraîner dans son voyage chez ceux qu'il appelle « les recalés de l'enseignement secondaire », les faux poètes mineurs, les antipoètes maudits, les rivaux malheureux, victimes de leur fils comme Jean Marot, père de Clément ou Marie-Joseph Chénier, frère d'André, les poètes délaissés pour leur œuvre en prose, comme Samuel Beckett ou Marcel Proust, et les vrais méconnus, tels Jean de La Ville de Mirmont ou Stanislas Rodanski.

Une anthologie ressemble à ces calendriers de

Noël où, chaque jour de l'Avent, on ouvre une fenêtre sur une surprise. Ici, sur un sonnet fort leste d'Étienne Jodelle, ou sur un autre, de la même farine, de Marc Papillon de Laphrise. Là, sur une fable de Florian, « Le chat et le miroir », dont le mouvement même est celui d'un jeune mistigri joueur et dédaigneux. Plus loin, c'est l'étonnement mêlé de scepticisme d'Axel Toursty, mort il y a vingt-cinq ans, devant quelques mystères nourriciers : le temps, la soif, la répétition, le renouveau.

Parmi tous ces poètes délaissés, dont les œuvres sont souvent très difficiles voire impossibles à trouver, Dauzier et Lombard ont élu un contemporain, un oublié dont l'oubli est entre tous injustifiable, Marc Antoine de Saint-Amant qui composa ce sonnet intitulé « Le paresseux »...

Accablé de paresse et de mélancolie,
Je rêve dans un lit où je suis fagoté,
Comme un lièvre sans os qui dort dans un pâté,
Ou comme un Don Quichotte en sa morne folie.

Là, sans me soucier des guerres d'Italie,
Du comte Palatin, ni de sa royauté,
Je consacre un bel hymne à cette oisiveté
Où mon âme en langueur est comme ensevelie.

Je trouve ce plaisir si doux et si charmant,
Que je crois que les biens me viendront en dormant,
Puisque je vois déjà s'en enfler ma bedaine,

Et hais tant le travail que, les yeux entrouverts,
Une main hors des draps, cher Baudouin, à peine
Ai-je pu me résoudre à t'écrire ces vers.

Je vous souhaite le bonjour.
Nous vivons une époque moderne.

25 novembre 1994

Toute faite...

Heureux habitants de la Vendée et des autres départements français, il est des expressions qui sont si souvent répétées en public et sur les ondes de la radio et de la télévision qu'elles parviennent à s'imposer et que leur usage se répand sans que l'on s'interroge sur leur signification, ni même si elles en ont une. Et puis, un jour — sans doute en avez-vous l'expérience —, l'une de ces expressions si répandues vous tombe dans l'oreille et, sans que vous sachiez pourquoi, elle vous paraît incongrue, sujette à caution, peut-être même ridicule. Ainsi, hier, écoutais-je d'une oreille distraite l'un de ces nombreux entretiens avec un ténor de la politique auquel un de mes vaillants confrères s'efforçait de faire dire le nom de son favori pour l'élection présidentielle. L'interviewé biaisait, feintait, finassait et ne prononçait aucun nom. Le confrère insistait. Il insistait avec une si obstinée douceur que l'interviewé finit par lâcher : « Ah, écoutez, nous n'allons pas tomber dans la politique politicienne ! »... La politique politicienne, voilà une expression dont l'usage et même l'abus nous sont devenus si familiers que nous lui prêtons un sens. Mais en possède-t-elle un ? N'est-elle pas plutôt simplement chargée d'intentions, et notamment de celle de déprécier une question ou une proposition, d'éviter une gêne, de se poser en personnage supérieur ? Existe-t-il une politique qui puisse n'être pas politicienne, c'est-à-dire se réaliser sans avoir à tenir compte des intérêts des uns, des ambitions des autres et de la résistance au changement de tous ? Ou, au contraire, les hommes d'État dotés de la plus remarquable hauteur de vue n'ont-ils pas réussi à faire aboutir leur projet parce qu'ils furent également de formidables manipulateurs de ces intérêts, de ces ambitions et aussi des vanités, des égoïsmes, des naïvetés, des idéalismes pour les faire servir un dessein qui les dépassait ?... Voyez le livre que vient de publier Alain Peyrefitte d'après ses conversations avec le général de Gaulle. Voyez celui que publie François Bayrou sur Henri IV. Quand on observe le cynisme manœuvrier de l'un et de l'autre de ces deux grands monarques, on se dit qu'il faut se méfier d'un politicien qui débine la politique politicienne autant que d'un maître queux qui prétendrait se tenir au-dessus de la cuisine alimentaire !

Nous vivons une époque moderne.
Je vous souhaite le bonjour.

28 novembre 1994

Homme de bonne volonté

Heureux habitants des Ardennes et des autres départements français, dans quelles affres ne sommes-nous pas plongés lorsque revient le temps des fêtes avec leur cortège de présents, petits ou gros, qu'il convient de distribuer autour de soi avec le souci de se renouveler en plus de celui de faire plaisir ! Une auditrice sachant auditer et ayant mesuré la profondeur des affres susmentionnées a reçu par la poste une « offre unique » — c'est une citation — « offre unique » dont elle entend charitablement que je vous fasse profiter avec elle. Il s'agit d'un « véritable produit russe ». Si véritable, précise le texte de l'offre unique, qu'il est fabriqué 1. à la main et 2. à Saint-Pétersbourg dont l'« offre unique » nous rappelle qu'elle fut, demeure et restera la « capitale culturelle de la Russie ». Cette « offre unique » est bon marché. Il ne vous en coûtera que 99 francs si vous souhaitez acquérir l'objet authentiquement russe qui vous est proposé et dont une photo en couleurs est censée activer votre désir.

Quoique bon marché, cet objet, précise l'offre unique, « cet objet gardera sa valeur car il est en cuivre ». On voit par là que la valeur est une notion relative. Cesse de nous taquiner la méninge, chroniqueur matutinal, et révèle-nous sans plus barguigner de quel objet ton offre unique veut faire de nous les acheteurs. Eh bien voilà : il s'agit d'un briquet. Un briquet à essence. C'est tout ? Non, ce n'est pas tout. Ce briquet à essence en cuivre véritable et authentiquement russe fabriqué à Saint-Pétersbourg, capitale culturelle de la Russie, est monté, je cite, « dans une vraie balle de kalashnikov ». C'est la raison pour laquelle il est baptisé *The original peace lighter*, en français, « Le briquet de la paix ». Le fait que le corps de ce briquet soit une balle de kalashnikov explique aussi peut-être pourquoi on doit envoyer le chèque de 99 francs qui permet de l'acquérir à une société installée en Irlande, où chacun sait que les armes russes sont particulièrement appréciées et mises à l'épreuve. Cette garantie de sérieux n'a toutefois pas paru suffisante aux promoteurs de notre « offre unique » qui, après le cuivre, l'authenticité russe et la fabrication à la main, ont trouvé un ultime argument pour nous convaincre de nous procurer leur marchandise.

Chacun de nos briquets, souligne le prospectus, « chacun de nos briquets représente une balle de moins dans le monde ». Dois-je ajouter quelque chose ?

Je vous souhaite le bonjour.
Nous vivons une époque moderne.

29 novembre 1994

Mœurs de satrape

Heureux habitants de la Sarthe et des autres départements français, quelque part dans le sud du pays de Galles, un constable de la police de Sa Gracieuse Majesté avait du mal à joindre les deux bouts car il avait planté plus d'un drapeau au pub tandis que son épouse avait dépensé en dessous comme en dessus plus qu'il n'était raisonnable. (Par parenthèses, mademoiselle Martin, je me demande si l'expression « planter un drapeau » est, aujourd'hui où l'on incite à ne boire qu'avec modération, compréhensible de nos auditeurs les plus jeunes. « Planter un drapeau », auditeurs jeunes et inachevés, est l'équivalent en langage bistrotier de « laisser une ardoise ». Peut-être faut-il souligner une légère nuance entre les deux expressions et préciser que le drapeau est le stade supérieur de l'ardoise, mais revenons à nos Gallois.) Revenons à eux et, pour ne leur causer aucun tort, appelons-les les époux Martin, Maartine dans la langue de Lady Di.

Adoncques étaient fauchés les époux Martin à force de vider chopine et d'acquérir onéreux dessous et dispendieux dessus. Ce que constatant, ils décidèrent que Mrs Martin apporterait sa contribution au budget du ménage en travaillant comme gardienne de nuit dans un établissement de soins pour adolescents et jeunes adultes classés « débiles légers ». Ainsi fut fait et, pour que Mrs Martin ne trouve pas le temps trop long, Mr Martin lui rendait de fréquentes et nocturnes visites au cours desquelles il lui arrivait souventes fois de remplir son devoir conjugal. C'est précisément pendant que Mr Martin donnait à sa moitié l'exemple de la plus fougueuse ardeur génésique qu'une inspection inopinée conduisit le directeur de l'établissement à constater les ébats martinesques et à s'apercevoir qu'ils avaient lieu sous le regard de plusieurs garçons pensionnaires de l'établissement. Le directeur pria les Martin de se reculotter et interrogea les pensionnaires sur les motifs de leur présence. Ils lui répondirent qu'ils attendaient leur tour. Leur tour de présenter leurs hommages à Mrs Martin ? demanda le directeur. Non, leur tour de recevoir ceux de son époux qui avait pris coutume de les remercier de leur compagnie encourageante en les régalant de certaines gâteries et en les autorisant à des privautés sur sa personne, privautés que je qualifierai de soldatesques.

L'affaire finit quelques mois plus tard devant un juge. Sa Seigneurie la commenta sévèrement dès l'orée du procès et laissa entendre que sa sentence serait lourde. Mrs Martin supplia le magistrat de suspendre sa colère : « Tenez, Votre Seigneurie, je suis bien assez punie comme ça, dit-elle, depuis un an qu'il n'a plus ces garçons, mon époux ne m'a plus montré aucun appétit sexuel. » Un an sans Mr Martin ! On voit par là que la Grande-Bretagne est un pays démocratique où il n'y a pas que la reine qui puisse connaître un *annus horribilis*.

Je vous souhaite le bonjour.
Nous vivons une époque moderne.

30 novembre 1994

Mal du siècle

Heureux habitants du Var et des autres départements français, vous ne l'ignorez pas, et je m'efforce périodiquement de vous le rappeler, le stress est le mal de cette fin de siècle. On l'étudie incessamment et je viens de prendre connaissance d'une nouvelle recherche internationale qui propose un classement des pays industrialisés en fonction de l'intensité du stress subi par leurs habitants. Les États-Unis viennent en tête, les Espagnols en queue.

Si les États-Unis occupent cette peu enviable position, c'est en raison de ce que les chercheurs ont baptisé le syndrome californien. C'est à tort, en effet, que l'on considère la Californie, sa richesse et son climat comme une antichambre des jardins d'Allah. Les études de nos spécialistes ès stress montrent que la population de cet État est devenue obsédée par ce que nous appelons « la forme ». Aussi les Californiens sont-ils bombardés de programmes télévisés, d'émissions de radio et d'articles de presse qui tantôt leur indiquent ce qu'ils doivent faire pour se maintenir en excellente santé et tantôt leur infligent les plus sévères admonestations sur ce dont ils doivent impérativement s'abstenir. Cela constitue déjà une pression considérable.

Elle est aggravée du fait que les doctrines sur ce qui est bon et ce qui est mauvais sont éminemment fluctuantes. Une année le cholestérol est un poison, l'année suivante il est un remède. Une année le jogging est un impératif absolu, l'année suivante il vous conduit prématurément au tombeau. Tant et si bien que les Californiens ont fini par suspecter que tout est mauvais pour la santé et qu'ils craignent perpétuellement de mal faire. Leur période de plus grand stress est d'ailleurs leur période de vacances où, livrés à eux-mêmes, il leur faut passer vingt-quatre heures par jour à slalomer entre les recommandations et les avertissements.

À l'inverse, les Espagnols semblent, pour la plupart d'entre eux, se soucier assez peu de leur forme. « Ils vont chez leur médecin lorsqu'ils sont malades, observent nos chercheurs, tandis que les Californiens consultent pour savoir s'ils le sont bien. » Le travail lui-même ne paraît pas avoir prise sur les Ibères et l'étude note avec un certain étonnement admiratif que, dans les entreprises et les bureaux espagnols, 81 % des salariés déclarent prendre des pauses, je cite, « sans raison particulière, pour bavarder, plaisanter ou prendre un café ». On ne s'étonnera donc pas que les vacances ne stressent nullement les Espagnols : ils s'y préparent bien trop activement pendant les heures de travail.

Je vous souhaite le bonjour.
Nous vivons une époque moderne.

1er décembre 1994

Fatalité de la guérison

Heureux habitants de la Seine-Maritime et des autres départements français, une part croissante de nos contemporains pensent sinon qu'ils sont immortels, du moins que la mort est facultative ou en option. Ne pensant plus qu'ils quitteront jamais cette vallée de larmes, ils considèrent comme une offense personnelle que la nature les fasse vieillir. Aussi se rendent-ils incessamment chez les médecins desquels ils exigent non qu'ils leur permettent de supporter au mieux leur grand âge mais qu'ils leur donnent les moyens de se conduire à septante ans comme s'ils tutoyaient encore la vingtaine de printemps. J'ai dit que cette attitude était contemporaine. Elle n'en est pas moderne pour autant. Voici en effet comment La Bruyère, dans l'un de ses fameux *Caractères*, dépeignait, sous le nom d'Irène, la vieille Mme de Montespan exigeant des médecins qu'ils lui rendent tout ce que l'âge lui avait pris. Irène, donc, fait le long voyage d'Épidaure pour consulter Esculape :

« D'abord elle se plaint qu'elle est lasse et recrue de fatigue, et le dieu [Esculape] prononce que cela lui arrive par la longueur du chemin qu'elle vient de faire. Elle dit qu'elle est, le soir, sans appétit ; l'oracle lui ordonne de dîner peu. Elle ajoute qu'elle est sujette à des insomnies ; il lui prescrit de n'être au lit que pendant la nuit. Elle lui demande pourquoi elle devient pesante, et quel remède ; l'oracle répond qu'elle doit se lever avant midi, et quelquefois se servir de ses jambes pour marcher. Elle lui déclare que le vin lui est nuisible : l'oracle lui dit de boire de l'eau ; qu'elle a des indigestions : et il ajoute qu'elle fasse diète. Ma vue s'affaiblit, dit Irène. Portez des lunettes, dit Esculape. Je m'affaiblis moi-même, continue-t-elle, et je ne suis ni si forte ni si saine que j'ai été. C'est, dit le dieu, que vous vieillissez. Mais quel moyen de guérir cette langueur ? Le plus court, Irène, c'est de mourir, comme ont fait votre mère et avant elle votre aïeule... »

Je vous souhaite le bonjour.
Nous vivons une vieille époque moderne.

2 décembre 1994

Endurance...

Heureux habitants de la Martinique et des autres départements français, la Fédération française de cardiologie est un vaillant organisme qui agit en faveur de la prévention des maladies cardio-vasculaires et de l'apprentissage des gestes qui, en cas d'urgence, peuvent sauver la victime d'un infarctus du myocarde. Dans ce but, elle diffuse un bulletin et des lettres de sensibilisation destinées au grand public. L'une de ces lettres, que j'ai sous mes lunettes, rappelle les symptômes de l'infarctus, souligne le nombre des maladies cardio-vasculaires et insiste sur le fait que 40 % des infarctus touchent les moins de soixante-cinq ans. C'est dire l'utilité de cette lettre d'information. Mais, plus qu'utile, je la trouve éminemment sympathique car, à peine son auteur a-t-il rappelé les informations que je viens de vous résumer qu'il ajoute, je cite : « Les hommes sont malheureusement plus durement touchés que les femmes. » Fin de citation. Ce « malheureusement » me va, si j'ose dire, droit au cœur et je suis sûr que tous les mâles qui m'écoutent se joindront à moi pour remercier la Fédération française de cardiologie de mettre en lumière discrètement mais efficacement qu'en matière d'égalité des sexes, nous aussi nous pourrions renauder, voire, si nous étions mesquins, réclamer du futur président de la République qu'il s'engage à promouvoir une répartition 50-50 de l'infarctus du myocarde. Nous aurons la galanterie de nous en abstenir, et nous lirons attentivement le bulletin de la Fédération de cardiologie afin d'en suivre les recommandations. Ce bulletin nous alarme. Il indique, je cite, que « l'on dénombre 60 000 morts subites chaque année, 80 % ayant lieu au domicile de la victime ou sur la voie publique ». Et il précise à la ligne suivante, je recite, que « le taux de survie ne dépasse pas aujourd'hui 2 % ».

Si je calcule bien, il y a donc chaque année 60 000 divisé par 100 multiplié par 2 = 1 200 Français qui survivent à la mort subite. Et on trouve des esprits chagrins pour trouver excessives les dépenses de santé !

Je vous souhaite le bonjour.
Nous vivons une époque moderne.

5 décembre 1994

Rendre à César

Heureux habitants de l'Indre et des autres départements français, parmi les évêques italiens les plus proches du Saint-Père figure Mgr Francesco Cucaresse titulaire du siège de Pescara. Mgr Cucaresse s'est vu confier par le pape un projet qui tient particulièrement à cœur à Sa Sainteté, celui d'édifier à Gdańsk — en Pologne — un centre œcuménique. Le coût de cette opération est estimé à deux millions de dollars et le Vatican ne peut apporter qu'une faible partie de cette somme. Confiant dans la Providence, ce qui est quand même la moindre des choses pour le successeur de saint Pierre, Jean-Paul II a décidé de faire commencer les travaux du centre œcuménique de Dantzig et il a pressé l'évêque de Pescara de prêter main-forte à la susdite Providence et de collecter au plus tôt les fonds nécessaires à l'achèvement de ce bâtiment.

On peut être évêque et connaître son monde. Mgr Francesco Cucaresse est un serviteur de Dieu, ce n'est pas pour cela qu'il ignore où se trouve la demeure de Mammon. Il s'est donc rendu à Genève, dont je salue les heureux habitants, dans l'idée que c'est là que ses efforts trouveraient leur plus conséquente récompense. Arrivé dans la cité helvète, Mgr Cucaresse a frappé à plusieurs portes avec la discrétion qui convient en Suisse lorsque l'on parle d'argent. À cette discrétion, le prélat a toutefois fait une entorse en déjeunant dans le restaurant d'un hôtel connu avec une opulente et bijoutée dame noire. Un confrère italien au courant de la mission de l'évêque déjeunait à une table voisine. Curieux professionnel, il s'enquit de l'identité de la dame noire et opulente. C'était Mme Bokassa, la compagne séparée de l'ex-empereur de Centrafrique, compagne séparée qui passe pour avoir la jouissance d'une part considérable de la fortune que l'ancien cousin de M. Giscard d'Estaing avait prudemment mise à gauche — je veux dire dans une banque suisse — au cas où l'empire aurait connu des revers politiques. Mgr Cucaresse était en train de taxer l'ancienne impératrice pour le centre œcuménique de Gdańsk. D'après mon confrère italien, les résultats de cette entreprise ont dépassé les espérances de l'évêque. Après tout, n'est-il pas écrit : « Faites-vous des amis avec l'argent de l'iniquité » ?

Je vous souhaite le bonjour.
Nous vivons une époque moderne.

6 décembre 1994

Appendice glorieux

Heureux habitants du Tarn-et-Garonne et des autres départements français, l'homme se différencie des autres mammifères de mille manières. Il écoute la radio, il se coupe les poils de la tête, il construit des zones pavillonnaires, il imagine cent façons d'accommoder le lièvre et il se pose maintes questions, souvent dès le plus jeune âge. Ainsi, dès la cour de récréation, le jeune garçon se demande-t-il s'il a été aussi bien pourvu par la nature que ses camarades ou si ce qui le différencie anatomiquement des filles ne serait pas plus grand ou plus petit. Pour avoir la réponse et savoir où se situer, le garçon se livre à des comparaisons in vivo qui ne prendront fin qu'après le service militaire et qui ne lui laisseront que des certitudes assez fragiles, tant il est douteux que lesdites comparaisons aient été effectuées auprès d'un échantillon représentatif. De leur côté, les filles, après avoir ricané aigrelettement en évoquant ce sujet sur la base des racontars de leurs aînées, des vantardises de leurs frères et des coups d'œil furtifs dans le huis clos des salles de bains, les filles, donc, même les plus dissolues, les femmes même les plus adultères et les hétaïres, même les plus demandées n'ont pas, sur cette question, de certitudes plus solides. C'est pourquoi il était temps que la science s'y mette. Elle s'y est mise, rapporte le journal *Impact médecin*. Elle s'y est même mise au Brésil. Une équipe d'urologues de Porto Alegre a capturé cent cinquante hommes blancs de race caucasienne — la même que celle de l'immense majorité des Européens. Pour obtenir un résultat standard, ces médecins se sont abstenus d'utiliser le moindre stimulus visuel en nature ou en image. Ils ont injecté dans l'objet à mesurer un mélange de papavérine et de prostaglandine E1 : 50 milligrammes de l'une, 10 microgrammes de l'autre. Puis ils ont, dès que le plein effet de cette injection a été obtenu, mesuré les cent cinquante muscles des cent cinquante cobayes les uns après les autres. Sans plus tarder, je vous livre le résultat de leurs mensurations : la longueur moyenne des cent cinquante instruments dont l'homme est si fier s'établit à... quatorze centimètres et demi.

Ni plus ni moins. Quatorze centimètres et demi. J'en connais qui vont aujourd'hui marcher la tête haute... Et d'ailleurs, moi-même...

Je vous souhaite le bonjour.
Nous vivons une époque moderne.

8 décembre 1994

Imagination, mais fertile…

Heureux habitants de la Seine-Saint-Denis et des autres départements français, on dispute aujourd'hui des qualités du Premier ministre et si elles sont assez grandes pour qu'il prétende à de plus hautes fonctions. Je n'ai sur ce sujet aucune lumière et en aurais-je que je me garderais de vous en instruire. Par contre, si je ne sais rien de la personne de M. Balladur, j'ai trouvé quelqu'un qui en sait beaucoup sur le métier de Premier ministre. Voilà ce qu'il en écrit :

« Un Premier ministre est une créature exempte de toute joie et de toute peine, d'amour et de haine, de pitié et de colère ; il n'a aucune passion, si ce n'est celle de la richesse, de la puissance et des titres ; ses paroles servent à tout, sauf à dire ce qu'il pense ; il ne dit jamais une vérité sans l'intention de vous la faire prendre pour un mensonge, ni un mensonge, si ce n'est pour vous faire croire que c'est une vérité. Ceux dont il médit le plus derrière leur dos sont sur la voie de l'avancement. Dès l'instant où il commence à dire du bien de vous, vous êtes sûr qu'il vous a trahi. Ce que vous devez craindre le plus, c'est une promesse, surtout si elle est confirmée par un serment. Après cela, tout homme sage doit se retirer et abandonner tout espoir. [...]

« Le palais d'un Premier ministre est une école qui permet aux pages, aux valets, aux laquais de devenir, en imitant leur maître, ministre d'État dans leurs districts respectifs en apprenant à exceller dans l'insolence, le mensonge et la corruption. En sorte que les personnes du meilleur rang les entourent et leur servent de cour subalterne. Et parfois, à force d'habileté et d'impudence, ils parviennent à succéder à leur maître. Un Premier ministre est en général gouverné par une vieille catin ou un valet de pied préféré, qui sont les intermédiaires naturels des faveurs et devraient, en définitive, porter le titre de gouverneur du royaume. »

Ces observations furent rédigées par Jonathan Swift dans *Les voyages de Gulliver* et elles portaient — on l'aura compris — sur le Premier ministre d'un pays imaginaire, le pays des Houyhnhnms...

Je vous souhaite le bonjour.
Nous vivons une époque moderne.

12 décembre 1994

Splendeur de la misère

Heureux habitants du Pas-de-Calais et des autres départements français, bien que les savants nous aient détraqué le temps avec toutes leurs expériences, l'hiver finira bien par arriver et avec lui le S.A.M.U. social, les stations de métro-asiles de nuit et les Restaurants du cœur. (À vrai dire tout cela est déjà arrivé, mais, comme l'hiver est en retard, on le voit moins que l'an passé.) La question que pose la misère en France c'est apparemment de trouver un nom pour ceux sur qui elle s'est abattue. Il y a tout juste dix ans, on les avait baptisés les « nouveaux pauvres ». Après la nouvelle cuisine et les nouveaux philosophes, cette dénomination avait un aspect pimpant, moderne et publicitaire qui convenait à merveille à un pays redécouvrant la fureur d'entreprendre. Tandis que M. Tapie donnait des cours de dynamisme à la télévision et que l'on réconciliait la gauche et l'argent, le pays, certes, connaissait une recrudescence de la pauvreté, mais c'était des pauvres nouveaux, sous-entendu de meilleure qualité que les anciens pauvres. Cependant, à force de rester dans la mouise, il faut bien dire que, dans une société où tout s'use vite, les pauvres perdirent de leur nouveauté. On améliora leur nom de baptême — faute d'améliorer leur situation — et ils furent baptisés S.D.F. Ce sigle laissait entendre que les clochards et les indigents appartenaient à une catégorie administrativement répertoriée et cela était rassurant. Puis les S.D.F. dont les rangs grossissaient furent appelés les « exclus ». Exclus par qui ? Ce n'était pas la question. Le mot avait une jolie charge dramatique, il paraissait être le résultat d'une malédiction ou à tout le moins d'une fatalité et il évitait que l'on s'interroge sur la politique qui avait conduit tant de gens à la précarité matérielle et morale. À vrai dire, les mots d'« exclus » et d'« exclusion » sont encore en vigueur et ils ont sans doute — comme l'état qu'ils désignent — de beaux jours devant eux. Cependant, ils s'useront eux aussi. Par quoi les remplacer ? Ne cherchez pas, la direction départementale des affaires sanitaires et sociales du Val-de-Marne a déjà trouvé. Il y a peu, elle a convié une auditrice sachant auditer et s'occupant des Restaurants du cœur à une table ronde sur, je cite, « la prise en charge des personnes sans résidence stable en situation d'errance cristallisée ». Vous voyez qu'il ne faut pas désespérer : avec la situation d'errance cristallisée, la misère est en passe de devenir une catégorie esthétique.

Je vous souhaite le bonjour.
Nous vivons une époque moderne.

Et cela n'a pas l'air de devoir s'arranger.
14 décembre 1994

Lacédémonisme britannique

Heureux habitants du Bas-Rhin et des autres départements français, vous n'êtes pas sans savoir que le Britannique se caractérise par son pragmatisme et par son souci de donner à sa progéniture une éducation renouvelée des méthodes spartiates. Je reconnais que ces vertus — notamment la seconde — peuvent être révoquées en doute si l'on observe les errements conjugalo-affectivo-sexuels des enfants de Sa Soucieuse Majesté britannique. Toutefois, j'ai sous les yeux un document qui me paraît de nature à rassurer ceux d'entre vous qui craindraient qu'au pays d'Albion les traditions ne mollissent. Il s'agit d'un journal médical qui examine les différents moyens de traiter la fièvre chez l'enfant. *Every little helps*, dit le proverbe, entendez qu'il faut faire feu de tout bois. Ainsi ont procédé les britanniques médecins qui, pour obtenir une baisse de la fièvre de l'enfant, l'ont plongé dans un bain dont l'eau était à une température un peu inférieure à celle du petit malade. Ils ont constaté que cette méthode n'amenait pas de résultat probant. *Necessity is the mother of invention*, soutient l'adage : la nécessité nourrit l'invention. Animés par cette pensée, les médecins ont baissé la température de l'eau. Conduite avec quatre-vingts enfants fébriles, cette expérience a prouvé, je cite, que « plus l'eau est froide, plus la réponse est importante ». Dans 65 % des cas, on a obtenu par la méthode de l'immersion en eau froide une baisse de température de 1,5°. Cependant, *more haste, less speed* : plus on se hâte, moins on va vite, et il est indispensable, pour confirmer ces bons résultats, de maintenir l'enfant constamment dans l'eau froide car, si on le sort du bain, sa température retrouve son niveau initial en une demi-heure. Il faut toutefois mentionner que, chez l'enfant fébrile, la plongée dans l'eau froide ne va pas sans effets secondaires. Ils n'ont pas échappé à nos expérimentateurs. Le rafraîchissement — et je cite là le rapport des bons docteurs — « le rafraîchissement a dérangé sept enfants sur quatre-vingts au point de devoir être interrompu ». Sept enfants sur quatre-vingts, cela représente presque 10 %. Par ailleurs, le rapport indique que 77 % des enfants fébriles traités par immersion n'ont pas paru apaisés. « N'ont pas paru apaisés » constitue ce que l'on appelle en anglais un *understatement* et en français une litote. Un enfant fébrile plongé dans l'eau froide et « qui ne paraît pas apaisé » peut être considéré comme un enfant qui crie comme un possédé. Ceci me paraît confirmé par une phrase du rapport qui mentionne que « l'utilisation d'eau glacée est très inconfortable par rapport à l'eau tiède ». Fin de citation. Cela dit, additionnons : 10 % d'enfants fébriles qui ne supportent pas l'expérience, plus 77 % qui « n'ont pas paru apaisés », cela fait 87 % de sujets de l'expérience et de Sa Soucieuse Majesté qui ne supportent pas les méthodes spartiates. Il reste tout de même 13 % de bébés qui résistent. Pourvu qu'on ne les ait pas jetés avec l'eau du bain !

Je vous souhaite le bonjour.
Nous vivons une époque moderne.

16 décembre 1994

Beaucoup de bruit pour rien

Heureux habitants de Saint-Pierre-et-Miquelon et des autres départements français, vous n'êtes pas sans savoir que les Britanniques, prenant modèle sur nous comme ils devraient le faire plus souvent, jouissent désormais d'un loto. Les gagnants de ce jeu de hasard s'emploient généralement à conserver un prudent anonymat afin d'éviter la cohorte des tapeurs de tout poil et les hordes de représentants-placiers ardemment désireux de leur fourguer une automobile, une œuvre d'art ou une tourniquette à faire la vinaigrette ré-vo-lu-tion-naire. Telle ne fut pas l'attitude d'un jeune homme de dix-huit ans, Mark Wright, chômeur et habitant de Liverpool ce qui, à son âge, est une situation bien proche du pléonasme.

L'organisme officiel de gestion du loto et Sa Gracieuse avaient à peine publié que le gros lot de la semaine serait partagé entre sept vainqueurs que Mark Wright proclamait à la presse locale qu'il était l'un de ces sept bienheureux.

On publia à la une la photo de son visage radieux et on imprima ses intentions quant à l'usage de son gain fabuleux. D'abord, disait-il, je vais combler de cadeaux mes parents et ma fiancée, ensuite, je vais m'efforcer de soulager les misères du monde. Les misères du monde ne se le firent pas dire deux fois. Un cortège se forma devant la maison de Mark Wright tandis que le téléphone y sonnait incessamment. Chacun fourbissait ses arguments pour convaincre l'heureux et philanthropique gagnant que sa misère était plus intéressante que celle des autres, et Mark écoutait tout le monde avec intérêt. Cela prenait du temps. Tant de temps qu'un jour le loto fit savoir que les sept gagnants s'étaient présentés pour recevoir leur dû et que Mark ne figurait pas parmi eux. La presse locale se reprécipita chez le jeune chômeur : « J'ai voulu, déclara-t-il, savoir l'effet que cela faisait de pouvoir faire le bien et de ne plus être Mr Nobody. » Puis il ajouta : « En fait, je n'avais même pas joué au loto : je n'ai pas assez d'argent pour ça. »

Je vous souhaite le bonjour.
Nous vivons une époque moderne.

19 décembre 1994

Allez Alphonse !

Heureux habitants des Yvelines et des autres départements français, reconnaissons-le, il est des hommes auxquels on n'a pas suffisamment rendu justice bien que toute leur vie n'ait été occupée que d'un seul souci : celui de faire faire des progrès au progrès. Parmi ces victimes de l'ingratitude, je place au premier rang un citoyen de Honfleur né en 1854 dans une pharmacie dont il s'évada à l'âge de vingt ans pour administrer à ses contemporains un remède universel : le rire. Alphonse Allais — puisque aussi bien vous l'avez reconnu — appartint à des mouvements aussi distingués et philanthropiques que le groupe des Hirsutes, le club des Hydropathes, la société des Zutistes et la compagnie des Fumistes. Il réfléchit avec eux à l'emploi de la presse hydraulique pour le traitement des constipations opiniâtres. Il tenta de répertorier les mille et une façons d'ouvrir une parenthèse et de déterminer les meilleurs moments pour la fermer. Il démontra que trente mille souris pourraient produire la même force que quarante chevaux-vapeur tout en faisant moins de bruit et en donnant chaque année cent tonnes d'un excellent fumier. Il inventa la bouée odoriférante pour les nuits où le brouillard est si épais que les meilleurs capitaines ne parviennent pas à trouver sûrement leur chemin. Il constata que la ville de Florence se trouvait éloignée de la mer et en tira de remarquables observations sur le caractère de ses habitants. Il proposa de domestiquer la baleine et il envisagea avec une grande impartialité les qualités comparées d'animal de compagnie du caniche et du hareng.

Toutes ces observations — et mille autres d'une farine aussi fine — ont été rassemblées en un florilège fort bon marché par M. Benoît Duteurtre qui compte un président de la République parmi ses ascendants directs à la quatrième génération : c'est dire s'il s'agit d'un travail sérieux que le sien ! Sous le titre *La vie drôle* et aux éditions de La Table ronde, le lecteur trouvera donc non seulement mille raisons de s'émerveiller des ressources de l'esprit humain, mais encore le récit détaillé d'une affaire qui, en son temps, fut cachée à l'opinion par des pouvoirs publics affolés, je veux parler du vol de l'obélisque de la place de la Concorde. J'ajoute qu'on lira, disséminées dans cet ouvrage, des considérations sur les chemins de fer qui prouvent que ceux-ci n'avaient pas attendu Socrate pour contribuer à la modernité de l'époque.

Je vous souhaite le bonjour.

20 décembre 1994

Faux Sénégalais

Heureux habitants de l'Eure et des autres départements français, il est loin le temps où l'on pouvait quitter son domicile sans en fermer la porte à clef et en plaçant tout son petit bien sous la surveillance d'un voisinage attentif et amical. Avouons-le, il est devenu nécessaire de se défier de tout et de tout le monde. Les citoyens de Rueil-Malmaison viennent encore récemment d'en faire l'amère expérience. Laissez-moi vous narrer de quelle manière. À Rueil-Malmaison comme à Quimper-Corentin ou à La Salvetat-Peyralès, la période est propice aux étrennes et différents corps de métier parmi les plus utiles à la collectivité envoient des représentants sonner aux portes pour offrir à la population des calendriers et recevoir d'elle quelques subsides en témoignage de sa reconnaissance. Parmi ces corporations figure celle, bien sympathique, des éboueurs. Or, il s'est avéré que, dans certains quartiers de Rueil-Malmaison, cette collecte était effectuée par de faux éboueurs. C'est pourquoi les habitants de ces quartiers ont trouvé dans leurs boîtes aux lettres un avertissement ainsi rédigé :

« Habitants et amis (ies) de ce quartier, la fin d'année approche et vos véritables éboueurs qui sont "deux hommes blancs et un Sénégalais" vous mettent en garde sur le passage d'individus malhonnêtes qui vous présentent un carton unicolore avec dessin imprimé de deux éboueurs derrière une benne, et marqué "attention aux cendres incandescentes", ce sont de faux éboueurs !

« Le calendrier de poche d'origine comporte une photo couleurs et le nom de Rueil-Malmaison y est imprimé.

« N'hésitez pas à leur demander leur identité. »

Je me félicite d'avoir contribué ce matin à la dénonciation de cette imposture. J'ajoute cependant que, bien que seuls à Rueil-Malmaison deux hommes blancs et un Sénégalais soient habilités à recevoir les marques de la reconnaissance due aux éboueurs, il pourra être pardonné beaucoup aux faussaires car il est vrai qu'il faut se méfier des cendres incandescentes.

Je vous souhaite le bonjour.

Nous vivons une époque moderne.

21 décembre 1994

Ancienneté et gastronomie

Heureux habitants de la Guyane et des autres départements français, un sujet de Sa Gracieuse Majesté, citoyen de Peterborough, dans la région de Cambridge, âgé de quatre-vingt-sept ans et nommé Harry Landin, possédait un divan dont il n'avait plus l'usage. Il l'offrit à ses enfants — qui le trouvèrent démodé —, à ses petits-enfants — qui le jugèrent ringard —, puis à des sociétés charitables qui le dédaignèrent. Aussi Harry Landin entreprit-il de démolir son divan pour le jeter dans une décharge publique. Parvenu à la moitié de son travail, Harry Landin fit une découverte inattendue, celle d'un sandwich enveloppé dans une page de journal. Cette page d'un quotidien respectable portait la date du 20 septembre 1920, ce qui permit à Mr Landin d'en conclure que le sandwich qu'elle enveloppait était âgé de soixante-quatorze ans et des poussières. Ajoutons que, pour son âge, le sandwich était dans un état de conservation plus qu'intéressant.

Il y a encore quelques années, Mr Landin se serait sans doute contenté de conserver sa trouvaille quelques jours pour la faire admirer à ses familiers, puis de la mettre à la poubelle. Mais aujourd'hui, en Grande-Bretagne comme ailleurs, la conscience publique est portée à respecter le patrimoine et à révérer la mémoire. Aussi Harry Landin s'en fut-il porter son sandwich septuagénaire au musée de Peterborough. La conservatrice adjointe — Elizabeth Davies — examina la chose, déclara qu'elle n'avait rien vu de semblable sauf peut-être des cadavres de rats desséchés depuis trois cents ans, ajouta qu'à son avis il s'agissait d'un sandwich au corned-beef, ou peut-être au fromage. Toutefois elle refusa le don que Mr Landin était disposé à faire à son musée. L'affaire parvint à la connaissance de la presse locale qui interrogea le découvreur sur ses intentions. Visiblement dépité par le refus de Mrs Davis, Harry Landin déclara qu'il exposerait peut-être son sandwich lors d'une prochaine manifestation d'art contemporain. À moins, ajouta-t-il, que je ne le confie à notre compagnie des chemins de fer. Je suis sûr qu'ils seraient capables de le revendre dans un de leurs wagons-bars, et je toucherais la moitié du prix.

Connaissant les mœurs gastronomiques ferroviaires, la chose ne m'a pas paru impossible et j'ai tenu à en informer ceux d'entre vous que les vacances prochaines pourraient conduire à voyager par le train en Grande-Bretagne.

Je vous souhaite le bonjour.
Nous vivons une époque moderne.

22 décembre 1994

Computérisme

Heureux habitants du Lot-et-Garonne et des autres départements français, en matière de traduction, pour peu que l'on s'intéresse à la littérature commerciale et aux modes d'emploi des produits made in ailleurs, on croit chaque fois avoir atteint ce que nos amis québécois appellent le « boutte ». À peine a-t-on éprouvé ce sentiment qu'un nouveau prospectus tombe du courrier en retard qui recule un peu plus loin les limites de la traduction à la tronçonneuse. Cette fois-ci, mon prospectus, ou plutôt ma lettre commerciale, vient de Taiwan. Elle présente une société locale qui fabrique des ordinateurs avec, je cite, « meilleurs records établis internationals dans service ainsi que nom du fabricant devient très vite une société fameuse dans le domaine de modern ». Sans e à modern et fin de citation.

On ne s'étonnera pas du succès de cette société lorsque l'on aura lu, je cite, qu'« elle a une facilité de plus de 20 000 pieds carrés et plus de 90 employés dédiés dans lesquels 30 ingénieurs électriques. Les employés participent activement pour partager les bénéfices et continuent d'une manière agressive pour améliorer le succès passé ». On voit par là que notre société a devant elle un bel avenir et d'ailleurs elle en est consciente puisqu'elle écrit : « Le futur du renseignement de communication est dans notre poigné. » Voilà des gens qui en ont dans le tibia. La preuve : leurs projets pour les années qui viennent. Je cite : « Régions comme la voix simultanée avec le renseignement de transmission et nouveau et innovateurs desseins sont sur la liste des régions à examiner. »

Cette société taiwanaise assure également ses clients potentiels qu'elle est « une fabricant parmi quelques ordinateurs périphériques fabricants qui insiste à contrôler la bonne qualité sérieusement avant de l'emballage ». J'en suis certain. Je pense même que si les ordinateurs périphériques de cette entreprise sont aussi soignés que la traduction en français de leurs lettres publicitaires, ce doit être elle qui a vendu à Radio France l'ordinateur qui règle la climatisation, ce qui vous explique pourquoi nous y portons généralement des fourrures en été et des pagnes à Noël.

Je vous souhaite le bonjour.
Nous vivons une époque moderne.

25 décembre 1994

Règne animal

Heureux habitants de la Corrèze et des autres départements français, en matière de rapports avec les animaux, nous avons fait de considérables et scientifiques progrès. Je ne cite que pour mémoire l'appareil qui attire les insectes volants vers sa grille métallique à haute tension où ils périssent instantanément dans un scratch bien réconfortant. Peut-être dois-je insister un peu plus longuement sur la nappe anti-insectes, enduite d'agents répulsifs spécifiques trouvés dans la nature. Non toxique mais très efficace, elle éloigne les guêpes, les moustiques, les mouches et les abeilles. Pour les casse-pieds, rien n'est précisé. Dans le même esprit, vous pourrez acquérir un bracelet anti-insectes, efficace dans un rayon de trois mètres et qui fait de vous — je cite — « une bulle infranchissable ».

Plus sophistiqué, le chasse-moustiques électronique émet des ultrasons qui repoussent l'insecte. Et tant qu'à être au chapitre des ultrasons, vous pouvez grâce à eux repousser non seulement les insectes mais aussi les chiens agressifs. Inventé aux États-Unis à l'intention des facteurs, le repousse-chien, en deux coups d'un bip presque inaudible pour l'oreille humaine, fait prendre ses pattes à son cou au chien le plus malintentionné. Si ça pouvait en plus les empêcher de caguer sur nos trottoirs... Bon, mais il n'y a pas que les chiens qui soient embêtants. Il y a aussi les taupes : achetez un chasse-taupes. Il émet par sa tige des vibrations souterraines effrayantes et insupportables pour ces petits mammifères. Si vous vous procurez un chasse-taupes, pourquoi ne pas vous munir également d'un chasse-rats : c'est une petite boîte noire qui, je cite, « émet des sons insupportables pour ces rongeurs nuisibles et fera fuir définitivement rats, souris et campagnols ».

Et y a-t-il quelque chose qui fasse fuir les enfants ? me demande Mlle Martin. Non, hélas, lui réponds-je. Mais j'ai fait mes comptes : si vous ajoutez à tous les engins que je vous ai indiqué un astucieux appareil électronique qui émet des cris de détresse à destination des oiseaux ravageurs comme la pie, le corbeau, le geai, l'étourneau et la mouette, pour 2 749 francs, vous aurez la panoplie complète du roi des animaux. Et peut-être pas que des animaux...

Je vous souhaite le bonjour.
Nous vivons une époque moderne.

26 décembre 1994

Psychanalyse à grande vitesse

Heureux habitants de la Savoie et des autres départements français, ce n'est pas pour vous inquiéter mais il paraît que de plus en plus d'entre vous — d'entre nous — utilisent les services d'un psychanalyste, tant et si bien qu'il devient banal de recevoir des prospectus de réclame vous chantant les mérites d'une école de psychanalyse car la psychanalyse n'échappe pas aux écoles. Comme il est normal, chaque école à son langage que les initiés comprennent. Est-il raisonnable d'utiliser ce langage pour s'adresser à M. Toulemonde, c'est la question que je me pose à la lecture du prospectus qui m'est tombé dans le courrier. On m'y vante les mérites d'une méthode baptisée « participactive » qui, me dit-on dès la deuxième ligne, se déroule selon une répétition de cycles. Et l'on ajoute que chacun de ces cycles, je cite, « met successivement en œuvre des séquences de périactivation et de rétroactivation puis de subactivation et de postactivation ». Fin de citation. Certes, on nous explique un peu plus loin que « la périactivation conduit à réactiver progressivement les latences conflictuelles, la rétroactivation à se situer au plus près des affects d'antan tandis que la subactivation et la postactivation mettent en situation d'émettre un jugement de valeur sur le bien-fondé des conditionnements auxquels on s'est soumis avant de passer à l'action». Comme on le sait, l'une des méthodes utilisées par la psychanalyse est l'association d'idées : l'idée à laquelle j'associe la périactivation, la rétroactivation, la subactivation et la postactivation est celle du garagiste qui, jadis, après s'être penché sur le moteur de mon antique 2 CV, levait vers moi un regard empreint de gravité et lâchait d'une voix sépulcrale : « Y va falloir au moins y changer l'delco, pis remplacer les vis platinées et le gicleur. Quant à l'allumage... » Et moi, tremblant, comptant les sous au fond de mes poches, je demandais : « Et ça va aller chercher dans les combien ? » Et le garagiste, impérial et mystérieux, répondait : « Ah, ça... » Aujourd'hui, j'ai renoncé à l'automobile et il paraît que les garagistes sont beaucoup mieux organisés. Les psychanalystes de mon prospectus aussi ; ils proposent trois types d'analyses : la classique, qui dure vingt mois, l'intensive, qui se pratique en six mois, et l'analyse à haut niveau d'intensité qu'on vous fourbique en six semaines. Je dois dire que six semaines de périactivation rétroactive et de subactivisme postactionnel me paraissent un délai raisonnable pour nettoyer mon inconscient. Une question cependant me tarabuste le conscient : est-ce qu'en même temps que l'analyse à haut niveau d'intensité on peut suivre un régime amaigrissant ?

Je vous souhaite le bonjour.
Nous vivons une époque moderne.

27 décembre 1994

Utilité du bonheur

Heureux habitants du Tarn et des autres départements français, autrefois la philosophie s'efforçait de répondre à ces trois questions : où suis-je ? où cours-je ? et dans quel état j'erre ? Depuis une quinzaine d'années, une quatrième interrogation essentielle est venue enrichir cette liste : dans quelle forme suis-je ? Dominées par cette préoccupation, des milliers de recherches ont été conduites par des savants pas toujours désintéressés afin de déterminer des règles de vie assurant la bonne santé par la bonne hygiène et laissant espérer qu'en bout du compte la mort deviendrait choquante non plus par la douleur qu'elle cause mais par le préjudice qu'elle occasionnerait à des gens qui auront suivi à la lettre les commandements des hygiénistes. Quoi, diront à Charon ceux qu'il invitera à passer aux Enfers, j'avais le ventre plat à force d'exercices, je trottinais tous les week-ends en survêtement fluorescent afin que mon cœur se bronze, j'avais renoncé dans la douleur à fumer de l'herbe à Nicot afin de conserver des artères souples et des poumons sans tache, je n'avais bu d'alcool qu'aux fêtes carillonnées (et encore du bout des lèvres) afin de me conserver le foie de mon enfance, j'avais allégé mon beurre, j'avais zéropourcenté mes yaourts, j'avais remplacé la miche de pain par de rugueux biscuits suédois, j'avais sacchariné mon café après l'avoir fait débarrasser de sa caféine, je m'étais adonné sans faiblesse à toutes les prescriptions du culte du moi et pourtant je suis mort ! Y a du rab d'abus ! J'ai été floué.

Tu n'avais qu'à, répondra Charon, lire les travaux du professeur Warburton de l'université de Reading. Cet éminent spécialiste de la psychopharmacologie, après avoir étudié cinq mille personnes dans seize pays, a en effet établi que la seule chose qui augmente l'espérance de vie c'est le sentiment du bonheur ou, plus précisément, l'absence de sentiment de culpabilité. Quiconque assume tranquillement le plaisir qu'il tire d'une bonne tasse de café sucré, d'une tablette de chocolat, d'une bouteille de vin, de quelques cigarettes et d'une grasse matinée — et même d'un gras après-midi — est assuré de vivre aussi longtemps que le lui permet son patrimoine génétique — et même un peu plus. Mais attention ! Le professeur Warburton, qui n'est ni systématique ni sectaire, a tenu à préciser qu'il n'était nullement hostile à l'exercice en général ni au jogging en particulier à une seule condition : aimer ça, non parce qu'on a lu dans un magazine que cela faisait du bien, mais parce que les yeux dans les yeux on peut se regarder dans son miroir et s'avouer que l'on en tire du plaisir...

Je vous souhaite le bonjour.
Nous vivons une époque moderne.

29 décembre 1994

Logique administrative

Heureux habitants du Maine-et-Loire et des autres départements français, je ne voudrais pas avoir l'air de déprécier notre patrie commune, mais il n'y a pas qu'en France que l'on trouve des vagabonds, des sans-abri, des clochards, des misérables, des sans domicile fixe comme on dit aujourd'hui où l'on ne trouve pas indélicat de désigner des êtres humains par leur appellation administrative ou policière que l'on réduit généralement aux trois lettres S.D.F.

Des sans domicile fixe, nos voisins italiens en ont aussi, et pas qu'un peu. Et si leur hiver peut nous paraître plus clément que le nôtre, il n'en est pas moins pluvieux, venteux et réfrigérant. Particulièrement cette année. Bien que la péninsule ne possède pas d'abbé Pierre, de nombreuses voix s'y sont fait entendre pour réclamer qu'un minimum d'assistance soit organisé pour les sans-abri, qu'on leur offre au moins un toit provisoire et qu'il soit procédé dans ces centres d'hébergement de fortune à la distribution de deux repas chauds chaque jour.

Après d'assez longues palabres et quelques

empoignades télévisées sur le thème « À qui la faute si rien n'est fait ? » et autour de la question « Qui doit commencer à faire quelque chose ? », l'administration italienne de la Santé a annoncé qu'elle allait créer le plus possible de centres d'hébergement provisoire. Pour connaître l'adresse de ces centres, l'administration a fait savoir par voie de presse qu'il suffisait de composer ce que nous appelons un numéro vert, c'est-à-dire que le prix de la communication serait à la charge du ministère de la Santé. Un mien confrère péninsulaire, car, ce n'est pas pour me vanter mais j'ai des confrères péninsulaires, a eu l'idée de composer le numéro vert indiqué par l'administration. Il est tombé vingt fois et à vingt moments différents de la journée sur un répondeur automatique dont le message destiné aux sans-abri disait : « Bonjour. Vous êtes en communication avec la cellule d'hébergement provisoire du ministère de la Santé. Si vous voulez connaître l'adresse du centre d'hébergement le plus proche, il vous suffit, après le top sonore, de laisser votre nom et votre numéro de téléphone. »

Je me demande si on peut réclamer à une administration des dommages et intérêts pour cruauté mentale.

Nous vivons une époque moderne.
Je vous souhaite le bonjour.

3 janvier 1995

Utilité d'un magistrat

Heureux habitants de l'Allier et des autres départements français, à peine le juge Di Pietro avait-il démissionné que certains commentateurs politiques le transformaient en premier personnage de l'opposition à Sua Emittenza Silvio Berlusconi et voyaient dans le leader de l'opération « Mani pulite » un possible futur chef du gouvernement italien. Mais non, leur répondaient les augures de la communication publicitaire, l'avenir d'Antonio Di Pietro n'est pas dans la politique, il est dans la réclame ! « Le juge, explique le directeur d'une grande agence de publicité de la péninsule, a une image très forte dans le pays. Nous l'avons fait analyser et il résulte des différentes études menées que Di Pietro fascine les ménagères entre quarante et cinquante-cinq ans et qu'il représente pour elles la virilité latine telle qu'on la rencontre de moins en moins. »

On sait que la ménagère entre quarante et cinquante-cinq ans est la nouvelle déesse aux désirs de laquelle doit se plier toute l'organisation du marché, c'est pourquoi, ayant réalisé l'impact que le juge avait sur cette population, les publicitaires ont cherché à préciser de quel produit Antonio Di Pietro serait le meilleur vendeur. Un parfum, dit l'un, ou des sous-vêtements. Plutôt, dit un autre, plutôt des produits auxquels la ménagère associe l'idée de tradition. Des pâtes ou de l'huile d'olive, c'est-à-dire quelque chose de typiquement italien dont l'association avec le patronyme du magistrat magnifiera l'intégrité et la bonté. Peut-être, répond un troisième publicitaire, mais puisque Di Pietro est un nom qui donne confiance, associons-le plutôt avec une campagne pour une banque, une compagnie d'assurances ou une marque d'automobiles. Il me semble — déclare de son côté le directeur de l'Union des publicitaires italiens — qu'au lieu d'accoler l'image du juge Di Pietro à une marque particulière, il vaudrait mieux l'utiliser pour une campagne institutionnelle.

Toutes ces discussions se développent au nord du pays, et principalement à Milan. Mais, dans le sud également, on s'intéresse au meilleur moyen de faire de l'argent avec la vertu du magistrat : à Naples, dans la semaine qui a suivi la démission d'Antonio Di Pietro, plusieurs milliers de personnes — plusieurs milliers — ont entouré sur leur bulletin de loto les chiffres 6, 12, 16, 43, 8. C'est-à-dire la date de la démission : 6 décembre à 16 h 43, et le nombre de lettres que compte le patronyme du juge : 8. Pour ce qui est du numéro complémentaire, quelques-uns de ces milliers de joueurs ont choisi le 42 : c'est le nombre de démissions de magistrats depuis le début de 1994. J'ai le regret de vous informer que la combinaison 6, 12, 16, 43, 8 n'a pas été gagnante. On voit par là que la vertu de l'un ne contribue guère au bonheur de tous.

Je vous souhaite le bonjour.
Nous vivons une époque moderne.

4 janvier 1995

Philanthropie

Heureux habitants du Haut-Rhin et des autres départements français, Khen Layeekula venait de fêter son vingt-huitième anniversaire dans sa ville natale de Bombay sans avoir encore trouvé un emploi rémunérateur. À vrai dire, il vivait d'expédients, vendant quelquefois son sang à une clinique de la ville. Un jour, il apprit d'un employé de cet établissement qu'un touriste italien était à la recherche d'un jeune homme qui accepterait de lui vendre un rein à des fins de transplantation. Combien offre-t-il ? demande Khen. Mille dollars et un contrat de travail en Sicile dans un hôtel. Banco ! dit le jeune Indien qui se trouva bientôt délesté de son rein gauche. Sa convalescence terminée, il acheta un billet pour Catane, distribua le reste de ses dollars à sa nombreuse famille, puis s'envola pour l'Italie où l'attendait l'acheteur de son organe, un prénommé Paolo. C'était au mois d'avril, début de la saison touristique en Sicile. J'ai dit que Paolo attendait Khen. Je pourrais préciser qu'il l'attendait même avec impatience eu égard à la quantité de travail qu'il lui avait réservée dans son hôtel. Khen dut en effet remplir les fonctions d'homme de ménage, de manutentionnaire, d'ouvrier chargé du petit entretien, de jardinier et de gardien occasionnel. En échange de ces menus travaux, Paolo le nourrissait deux fois par jour. Un plat de pâtes à midi, une pizza le soir. Khen disposait également d'un lit de camp dans une cabane à outils aux deux tiers désaffectée. Il serait injuste de ne pas mentionner qu'il percevait un salaire. Au début de son séjour, Khen pensa même que ce salaire était substantiel car Paolo lui remettait chaque mois une trentaine de billets de banque. Chacun de ces billets avait une valeur de mille lires, ce qui établissait le salaire mensuel du jeune Indien à une centaine de francs. De toute façon, son travail ne lui laissait pas le temps de dépenser ses gains, l'hôtel était éloigné de toute agglomération de conséquence et Paolo ne souhaitait pas que Khen quitte le périmètre de sa propriété.

Cependant, au bout d'une demi-douzaine de mois, Khen avait fini par apprendre un peu d'italien. Une conversation avec un client un jour où Paolo regardait ailleurs lui permit de confirmer ce qu'il avait intuitivement compris. Cent francs par mois ne constituaient pas un gros salaire. Khen décida donc de s'enfuir de l'hôtel. Un curé le recueillit et lui procura un avocat. L'avocat, le curé et le jeune Indien reçurent la visite de deux messieurs qui auraient pu avantageusement figurer aux côtés de Marlon Brando quand il jouait Don Corleone. Les deux messieurs offrirent à Khen le choix entre 20 000 francs pour rentrer chez lui et un séjour éternel non pas sur mais dans la terre sicilienne. Khen a préféré maintenir sa plainte. Le curé et l'avocat ont décidé de le soutenir. Interrogé par la presse locale, l'aubergiste a déclaré : « C'est un monstre d'ingratitude. Je l'ai traité comme mon fils. » Renseignements pris, Paolo est célibataire sans enfant.

Je vous souhaite le bonjour.
Nous vivons une époque moderne.

5 janvier 1995

Petit métier

Heureux habitants du Cher et des autres départements français, pense-t-on suffisamment à plaindre les étudiants : ils sont de plus en plus nombreux dans les universités qui les logent toujours plus à l'étroit et ils se disputent des diplômes qui sont d'autant plus dévalués qu'ils sont plus nombreux à les obtenir. Dans de telles conditions, on comprend que la jeunesse d'aujourd'hui ne sache plus à quel saint se vouer. D'ailleurs la jeunesse d'aujourd'hui, du moins une partie de celle qui fréquente les bancs de l'université de Leeds, en Grande-Bretagne, a décidé de ne plus se vouer à aucun saint connu et même de ne plus avoir recours aux consolations d'aucune religion établie.

En effet, quoique l'université de Leeds dispose d'une aumônerie anglicane, des services d'un pasteur presbytérien, des conseils spirituels d'un révérend baptiste, de l'assistance d'un prêtre catholique et de la présence d'un rabbin, un certain nombre d'étudiants ont considéré qu'ils ne disposaient pas de tous les secours de la religion, secours, ont-ils fait remarquer, particulièrement nécessaires à un âge où les tentations sont nombreuses et le désarroi profond.

« Et que diable voulez-vous de plus ? » s'est enquis le doyen de l'université de Leeds. « Le diable, précisément », a répondu le petit groupe d'étudiants. « Nous voulons qu'en plus des différents aumôniers qui exercent leur sacerdoce sur notre campus, on puisse y trouver un spécialiste des sciences occultes qui soit à même de mettre à notre disposition les secours de la magie et de ses rituels. »

Après une âpre bataille dont je vous ferai grâce des détails, j'ai le plaisir de vous annoncer que ces étudiants ont obtenu gain de cause et que Mrs Susan Leybourne a été officiellement embauchée comme magicienne et prêtresse des sciences occultes par l'université de Leeds. Selon le communiqué du doyen, Mrs Susan Leybourne organisera différentes célébrations dont celles attachées aux mouvements du soleil et de la lune ainsi que, je cite, « toute célébration de nature à aider les étudiants dans leurs études ». Ah ! Bien entendu, Mrs Leybourne a été pourvue d'un local et d'un titre. Elle est — c'est sur son bulletin de paie — aumônier païen de l'université.

Je vous souhaite le bonjour.

Je ne me souviens plus dans quelle sorte d'époque nous vivons.

6 janvier 1995

Modernisation

Heureux habitants de l'Ardèche et des autres départements français, jadis les immeubles étaient sous la surveillance et assez souvent sous la coupe d'un personnage à qui le cinéma des années du noir et blanc a conféré ses lettres de noblesse : le concierge. Chez les grossiums qui avaient du quibus et assez d'fraîche pour gîter avenue Georges-Mandel, on disait le portier et, quand on avait un vernis de culture, on faisait allusion au cerbère. À la Bastille, avant qu'aille soit plus habitée qu'par des artisses à loft qui dépensent les subventions du ministère dans des restaurants postmodernes où l'on sert des chiffonnades de saumon sur des assiettes grises et grises, à la Bastille, donc, on causait du pipelet ou d'la bignole et, si on avait son agrégation d'argot, on parlait du suisse.

Sous quelque appellation que ce soit, le métier de concierge resta longtemps et inexplicablement à l'abri des progrès du progrès. Vint cependant le jour où la main de la modernité posa son pied triomphant sur la porte des loges, raya le mot concierge — qui avait pourtant du latin dans son étymologie — et lui substitua l'appellation fonctionnelle de « gardien d'immeuble ». Et voilà qu'aujourd'hui et par arrêté du ministre de l'Éducation nationale est institué un C.A.P. de gardien d'immeuble avec épreuves de technologie, d'éducation physique, d'expression française, de mathématiques et sciences physiques et même une épreuve facultative de langues vivantes.

Ah ! Combien de bignoles ont exercé leur art sans savoir qu'il existait une technologie du bignolage ! Combien de pipelettes ont fièrement campé dans l'escalier en ignorant qu'il existe — je cite — des « savoirs associés à cette technologie » et que les candidats gardiens d'immeuble devront à l'avenir, je recite, « faire montre de leurs connaissances en économie-gestion, en sciences médico-sociales, en chimie appliquée et en biologie ». Fin de citation. De la science médico-sociale et de l'économie-gestion, tiens, on aimerait entendre la réaction de l'une de ces concierges fixées pour longtemps sur le celluloïd par Marcel Carné, Julien Duvivier ou René Clair : « Un C.A.P. d'bignole, j'te dis, qu'y nous a pondu l'ministère. Attends-toi qu'y faille un doctorat pour êt' maquereau et une licence pou' s'mettre pickpocket. » Enfin, comme y disent dans le poste :

Nous vivons une époque moderne.
Je vous souhaite le bonjour.

8 janvier 1995

Inventions merveilleuses

Heureux habitants de la Haute-Saône et des autres départements français, ce n'est pas pour me vanter mais nous nous sommes encore rapprochés de l'an 2000, ce qui ne nous met plus bien loin du XXIe siècle où, selon les augures, les progrès du progrès vont effectuer un considérable bond en avant, ce que l'on appelle un « saut qualitatif ». Comme l'écrit le mensuel *À venir*, « le rythme de l'évolution s'accélère, raison de plus pour ne pas se laisser dépasser ». Et ce confrère sagace en même temps que visionnaire de présenter quelques-unes de ces innovations qui vont nous changer la vie. Elles sont merveilleuses, à l'exemple de cette planche de surf à moteur qui permet de se lancer sans fatigue à la recherche des vagues. Comment avons-nous pu vivre aussi longtemps sans ces prodiges issus du fertile cerveau de l'homme ? se demande-t-on en feuilletant mon confrère (car, ce n'est pas pour me vanter, mais je feuillette des confrères). Comment a-t-on pu élever des enfants avant l'invention de cette poupée mise au point aux États-Unis, véritable faux bébé qui pleure, crie et réclame à manger au beau milieu de la nuit et qui sert à enseigner aux futurs parents les bases de l'élevage du nourrisson ? Comment a-t-on vécu sans le vélo à deux roues motrices avec son complément indispensable, le coussinet d'appui thoracique et son supplément facultatif, le dérailleur à commande vocale ? Comment a-t-on vécu sans les gants musicaux dont chaque doigt correspond à une note de la gamme (sauf trois, sans doute, vu que la dernière fois que j'ai eu affaire à une gamme, elle n'avait que sept notes) ? Comment a-t-on vécu sans le protège-parapluie qui se place instantanément au-dessus de n'importe quel parapluie et évite ainsi de le mouiller ? Comment a-t-on vécu sans la casserole de camping en matière plastique gonflable ? Comment a-t-on vécu sans le prie-Dieu à bascule ?

Eh quoi, chroniqueur matutinal, tu nous promets toutes ces merveilles rien qu'en feuilletant un confrère ? Non, auditeurs confiants, je ne vous en promets que la moitié. Les trois dernières sont extraites du fameux *Catalogue d'objets introuvables*, de Carelman, que l'on peut trouver au Livre de poche et qui démontre jusqu'à quel point d'ingéniosité la modernité ne manquera pas de nous conduire.

Je vous souhaite le bonjour.

9 janvier 1995

Postérité de Mme de Sully

Heureux habitants de l'Ille-et-Vilaine et des autres départements français, pourquoi évoquer avec nostalgie le temps où les sous-préfets allaient aux champs ? Ils y vont toujours et même, le progrès aidant, leurs chefs, les préfets, s'y rendent également. Bien sûr, le préfet étant un personnage considérable, il ne se transporte pas en personne sur l'herbe verte des prés. Il suffit que, par le biais d'un arrêté, il étende sa protection et affirme son *imperium* sur les terres, les gens et les bêtes. Ainsi M. le préfet de la Côte-d'Or (dont je salue les heureux habitants) vient-il, conformément à ses devoirs, de prendre, dans le cadre de la protection vétérinaire, des mesures d'une salutaire rigueur. Cet état d'esprit résolu n'a nullement empêché ce fonctionnaire de la plus haute importance d'user de formules qui, tout en demeurant administratives, n'en sont pas moins dignes de la littérature en ceci qu'elles conduisent leur lecteur à rêver.

Ainsi apprends-je, à la page 2 de l'« Arrêté préfectoral déterminant les conditions auxquelles doivent satisfaire les animaux de l'espèce bovine en cours de transport lors de leur introduction dans les exploitations agricoles ou lors de leur mise en pâture », ainsi apprends-je donc — je cite — que « toute personne propriétaire d'un bovin ou en ayant la garde doit être en mesure de présenter un Document d'Accompagnement Unique du Bovin (D.A.U.B.) comportant le numéro d'identification de l'animal ». On voit par là que le bœuf en Côte-d'Or ne saurait sortir sans D.A.U.B. S'il a plus de quatre mois, poursuit le préfet, il doit pouvoir présenter sa « carte verte » à toute réquisition — c'est une attestation sanitaire. Toutefois, il en est dispensé s'il se rend à l'abattoir. (Nous ferait-on manger de la viande incertaine ?) Cependant, même pour se rendre à son ultime rendez-vous, le bovin doit être muni d'un acte administratif, le « laissez-passer titre d'extermination ».

La vigilance préfectorale s'étend aussi aux animaux nouvellement introduits dans une exploitation. Ils sont soumis — et cela est juste — à de sévères contrôles. En sont toutefois dispensés, et je cite le fonctionnaire à casquette, « les animaux entretenus dans une unité zéro pâturage et ceux engraissés hors sol »... Une unité zéro pâturage... dans une ferme zéro labourage, sans doute... Les mamelles de la France seraient-elles asséchées ? Qu'importe puisque le préfet nous permet d'engraisser des bovins hors sol, c'est-à-dire, je pense, pendant qu'ils poursuivent les pigeons à tire-d'aile...

Je vous souhaite le bonjour.
Nous vivons une époque moderne.

10 janvier 1995

Cinquième pouvoir

Heureux habitants de la Nièvre et des autres départements français, quelquefois, dans l'aimable courrier dont vous voulez bien me faire l'amitié, se glisse une missive dont je me dis que la garder par-devers moi serait faire preuve d'égoïsme, et même de légèreté. C'est au nombre de ces correspondances que je range la lettre d'un auditeur de grande banlieue qui a la gentillesse de bien vouloir résumer, à mon intention et en une page et demie, l'histoire de l'humanité. « De tout temps, écrit-il, trois principaux pouvoirs ont régi le monde : le religieux, qui ne vise qu'à mettre le monde à genoux, le politique, qui écrase de sa superbe des cohortes d'êtres humains, et l'économique qui dilapide les biens, la nature et les hommes. Il y a deux cent cinquante ans, ajoute mon correspondant, un quatrième pouvoir est apparu, diligenté par les trois autres, celui des chroniqueurs qui ont envahi les consciences humaines et les ont définitivement congelées. »

Ce dernier point, précise mon auditeur, a été démontré en 1976 par Ira Einhorm, membre de la gnose du collège invisible de Princeton.

Évidemment, cette analyse ne porte pas à l'optimisme, surtout confirmée par un membre de la gnose du collège invisible susnommé. Heureusement, mon correspondant tient à m'informer de l'apparition imminente d'un cinquième pouvoir, celui des « peuples de la Terre » qui va naître naturellement de millénaires de glaciation obscurantiste et accouchera du XXIe siècle. « Tremblez, poursuit la lettre, tremblez pouvoirs temporels obtus, pape, présidents, banquiers et journalistes, vous serez surpris par les événements sans le secours d'aucune compréhension. »

Toutefois, mon sort personnel pourrait connaître un adoucissement appréciable si je consens à porter à votre connaissance une information que l'on a jusqu'à présent cachée aux peuples de l'univers. Étant très désireux que le châtiment qui va s'abattre sur les pape, présidents, banquiers et journalistes épargne ma chétive personne, je vous informe donc sans tarder du secret dont on vous a tenus à l'écart, je cite : « Les Américains détiennent dans des conditions cryogéniques convenables des corps d'êtres de type humanoïde et d'origine non terrestre. » Fin de citation. Voilà. Vous ne direz pas que je ne vous ai pas prévenus.

Je vous souhaite le bonjour.
Nous vivons une époque moderne.

12 janvier 1995

Bonheur véritable

Heureux habitants de la Vienne et des autres départements français, vous n'êtes pas sans savoir que les Anglais ne font rien comme tout le monde. Ainsi, par exemple, ils ont depuis l'automne dernier un loto national qui ressemble beaucoup au nôtre sauf que le leur sert à enrichir les joueurs plutôt que le président de la société de jeu, ses amis et les amis de ses amis. Sans doute conscients de cette originalité, mes confrères du quotidien *The Independent* ont eu l'idée d'enquêter sur les premiers vainqueurs de ce loto et sur l'usage qu'ils ont fait de leur gain. Justin Daniels, qui, à vingt-deux ans, s'est trouvé à la tête de 20 millions de francs, a disparu, fatigué d'être harcelé par les tapeurs. Judy Smith, qui a gagné 18 millions à la veille de ses cinquante et un ans, a décidé que cela ne changerait rien à sa façon de voir le monde ni à son train de vie : elle a donné une *party* pour fêter l'événement, *party* au cours de laquelle on a servi exclusivement du thé. Tom Williamson n'a touché, si j'ose dire, qu'un lot de 8 millions. Il a quitté l'usine où il occupait un emploi subalterne et acheté un trois-pièces dans une résidence habitée par des avocats et des médecins qui ne manquent jamais de les présenter, lui et son épouse, comme « le couple qui a gagné au loto » lorsqu'ils les croisent au club de tennis. Tom avait aussi fait l'emplette d'une Jaguar. « C'était une erreur, dit-il. Chaque fois que je sortais avec cette voiture, je me faisais contrôler par la police. Les flics ne me trouvaient pas une tête de propriétaire de Jaguar. Je l'ai bazardée. »

Ron Wainwright remporte un lot de 2 millions. Il était avec son père devant la télévision lorsqu'il vit son numéro apparaître parmi les gagnants. Son père tomba raide mort. Il avait soixante-sept ans. Rodi Woodcot avait cinquante-quatre ans lorsqu'elle gagna 20 millions. Elle était veuve depuis deux mois. Elle convoqua Andrew et Michael, ses deux jumeaux âgés de vingt-quatre ans, et leur déclara : « Je viens de gagner vingt millions. En ce qui vous concerne, cela ne change rien à vos vies. » Puis elle partit en voyage au soleil. Jimmy Anderson toucha 14 millions de francs. Il fit faire une photocopie du chèque que lui signa le loto et l'envoya à son frère George qu'il n'avait jamais beaucoup aimé. Il prêta 2 000 francs à son frère Robert, qu'il aimait un peu plus que George. À son troisième frère, son préféré, Douglas, il offrit un cigare. On aura vu à travers tous ces exemples que l'argent peut d'autant mieux faire le bonheur qu'il aide à faire le malheur des autres.

Je vous souhaite le bonjour.
Nous vivons une époque moderne.

13 janvier 1995

Exploit étonnant

Heureux habitants de l'Aube et des autres départements français, ce n'est pas pour me vanter mais je ne cesse pas d'avoir le souci de votre bien-être et de vous transmettre toutes les recommandations, tous les conseils, toutes les admonestations, toutes les monitions, tous les mandements, tous les avertissements et toutes les manifestations de sollicitude que formule à votre intention l'innombrable cohorte des professionnels du bonheur qui s'acharnent à vous soulager de vos maux et de votre argent.

À nouveau, ce matin, je me sens donc le devoir de vous faire part des conclusions d'un colloque qui s'est tenu à Rome et qui réunissait les spécialistes d'une discipline que j'ose à peine appeler gymnique car elle se présente, je cite, comme « un ensemble d'activités physiques qui s'adapte à chaque personne et lui offre la possibilité de modeler sa forme mais aussi de parvenir à l'équilibre entre l'agilité, la force et l'harmonie ». Fin de citation.

Cette discipline — je ne vous en ferai pas attendre le nom plus longtemps —, cette discipline à la fois préventive et curative, cette discipline s'appelle le *fit-*

ness. Elle s'attaque à l'hypokinésie, c'est-à-dire à l'insuffisance de mouvement, autrement dit d'activité physique. L'hypokinésie est, selon les spécialistes du *fitness*, une pathologie découverte récemment et dont les conséquences sont redoutables. Elle provoque en effet un dysfonctionnement métabolique et un affaiblissement du muscle cardiaque, elle débilite les fonctions respiratoires, ronge les articulations, fait fondre les muscles, fragilise les os, rend la peau squameuse, atrophie les intestins et, finalement, ramollit le cerveau. Un être humain — soutiennent les spécialistes — qui s'adonnerait régulièrement au fitness vivrait cent quinze ans les doigts dans le nez — s'il n'était pas mal élevé d'occuper ainsi son orifice nasal... Ce n'est pas impossible. On a vu des miracles au moins aussi inattendus. Ainsi, par exemple, bien qu'étant atteint d'une hypokinésie presque légendaire et malgré un métabolisme aberrant, des poumons encombrés, des muscles fondus, des articulations rongées, des intestins avachis, des os squelettiques et une peau couperosée, le chroniqueur matutinal de France Inter vient-il de parvenir au terme de sa mille deux centième chronique et même, après vous avoir fait remarquer que nous vivons une époque moderne, trouve-t-il encore la force de vous souhaiter le bonjour.

14 janvier 1995

Mauvaise volonté du vieillard

Heureux habitants de l'Isère et des autres départements français, la statistique est formelle (j'adore prononcer cette phrase : dans un univers où l'on n'est sûr de rien, pas même que Dieu n'est pas une femme, ou un Peau-Rouge ou un Nègre, rien ne fait autant de bien que de se raccrocher à de telles certitudes). La statistique est donc formelle, parmi tous ceux de nos contemporains qui voyagent, ce sont les plus âgés qui sont les plus fervents adeptes de la bougeotte. La clientèle de plus de cinquante-cinq ans augmente de 10 % tous les trois ans, selon les voyagistes et autres tour-opérateurs. Et cela ne va aller qu'en s'accélérant. Dans dix ans, à votre avis, qui détiendra les trois quarts des portefeuilles boursiers ? Les vieux. Et qui possédera plus du tiers du patrimoine national ? Encore les vieux. Or, que font les vieux, depuis quelques lustres ? Ils refusent de vieillir. Ils se vêtent de survêtements mauve fluorescent, ils remplacent leurs lunettes par des lentilles de contact, ils s'inscrivent dans des clubs de gymnastique, ils s'initient au trekking sur les pentes du plomb du Cantal, ils parcourent l'Islande à pied en lavant leur survêtement dans l'eau des geysers. Ils affrètent des véhicules à quatre roues motrices pour découvrir le djebel Hajar et la vallée du Wadi Sama'il dans le sultanat d'Oman, ils apprennent les langues étrangères, y compris le verlan, ils se tapent la cloche dans des établissements où on leur sert du cholestérol délicieusement accommodé et surtout, oui, surtout, ils ont horreur qu'on les fasse voyager avec d'autres personnes de leur âge. Telle est la conclusion majeure d'une récente étude des professionnels du voyage : le vieux à la retraite qui dispose de trois cent soixante-cinq jours par an pour courir le monde refuse de le faire à la saison creuse, même si on lui offre de substantielles réductions de prix. Le vieux veut partir en même temps que tout le monde. Il abhorre l'idée d'appartenir à une catégorie à part, il souhaite être mêlé à toutes les générations pour leur faire admirer son jogging mauve fluorescent, l'agilité avec laquelle il escalade le plomb du Cantal et la sagacité avec laquelle il effectue un double débrayage sur son véhicule à quatre roues motrices. Bref, le vieux paraît fermement décidé à ne pas prendre de l'âge. Ce n'est pas pour me vanter, mais ça ne m'étonne pas. Le regretté Jean Rostand qui n'avait pas observé que des grenouilles l'avait déjà annoncé. Le vieillissement, avait-il écrit, « le vieillissement est d'autant plus actif que l'être est plus jeune. Ce qui vieillit le moins vite, c'est le vieillard »...

Je vous souhaite le bonjour.
Nous vivons une époque moderne.

15 janvier 1995

TABLE ALPHABÉTIQUE

DU MÊME AUTEUR

L'ENFANT ET LA RAISON D'ÉTAT, Le Seuil, coll. « Points Politique », 1977.

JUSTICE EN MIETTES, en collaboration avec Hubert Lafont, PUF, 1979.

LE COMMUNISME EST-IL SOLUBLE DANS L'ALCOOL ?, en collaboration avec Antoine Meyer, Le Seuil, coll. « Points Actuels », 1979.

QUÉBEC, Le Seuil, coll. « Petite Planète », 1980.

LE NOUVEL ORDRE GENDARMIQUE, en collaboration avec Hubert Lafont, Le Seuil, 1980.

POINTES SÈCHES, Le Seuil, 1992.

DANS MON PAYS LUI-MÊME..., Flammarion, 1993, Le Livre de Poche, 1994.

EAUX FORTES, Flammarion, 1995, Le Livre de Poche, 1996.

PARIS LA GRANDE, Flammarion, 1997.

Chroniques radiophoniques

HEUREUX HABITANTS DE L'AVEYRON ET DES AUTRES DÉPARTEMENTS FRANÇAIS..., Le Seuil, coll. « Points Actuels », 1990.

ÇA N'EST PAS POUR ME VANTER..., Le Seuil, coll. « Points Actuels », 1991.

NOUS VIVONS UNE ÉPOQUE MODERNE, Le Seuil, coll. « Points Actuels », 1992.

DANS LE HUIS-CLOS DES SALLES DE BAINS, Le Seuil, coll. « Points Actuels », 1993.

CHRONIQUES MATUTINALES, Le Seuil, coll. « Points Actuels », 1994.

LES PROGRÈS DU PROGRÈS, Le Seuil, coll. « Points Actuels », 1995.

BALIVERNES POUR LA LEVÉE DU CORPS, Le Livre de Poche, 1996.

EN PROGRÈS CONSTANT..., Le Livre de Poche, 1996.

DANS CETTE VALLÉE DE LARMES..., Le Livre de Poche, 1997.

LE PROGRÈS FAIT RAGE. Chroniques 1 (Folio nº 3162).

LE FUTUR NE MANQUE PAS D'AVENIR. Chroniques 2 (Folio nº 3162).

DU FUTUR FAISONS TABLE RASE. Chroniques 3 (Folio nº 3163).

COLLECTION FOLIO

Dernières parutions

2974.	J.M.G. Le Clézio	*La quarantaine.*
2975.	Régine Pernoud	*Jeanne d'Arc.*
2976.	Pascal Quignard	*Petits traités I.*
2977.	Pascal Quignard	*Petits traités II.*
2978.	Geneviève Brisac	*Les filles.*
2979.	Stendhal	*Promenades dans Rome*
2980.	Virgile	*Bucoliques. Géorgiques.*
2981.	Milan Kundera	*La lenteur.*
2982.	Odon Vallet	*L'affaire Oscar Wilde.*
2983.	Marguerite Yourcenar	*Lettres à ses amis et quelques autres.*
2984.	Vassili Axionov	*Une saga moscovite I.*
2985.	Vassili Axionov	*Une saga moscovite II.*
2986.	Jean-Philippe Arrou-Vignod	*Le conseil d'indiscipline*
2987.	Julian Barnes	*Metroland.*
2988.	Daniel Boulanger	*Caporal supérieur.*
2989.	Pierre Bourgeade	*Éros mécanique.*
2990.	Louis Calaferte	*Satori.*
2991.	Michel Del Castillo	*Mon frère l'Idiot.*
2992.	Jonathan Coe	*Testament à l'anglaise.*
2993.	Marguerite Duras	*Des journées entières dans les arbres.*
2994.	Nathalie Sarraute	*Ici.*
2995.	Isaac Bashevis Singer	*Meshugah.*
2996.	William Faulkner	*Parabole.*
2997.	André Malraux	*Les noyers de l'Altenburg.*
2998.	Collectif	*Théologiens et mystiques au Moyen Âge.*
2999.	Jean-Jacques Rousseau	*Les Confessions (Livres I à IV).*
3000.	Daniel Pennac	*Monsieur Malaussène.*
3001.	Louis Aragon	*Le mentir-vrai.*
3002.	Boileau-Narcejac	*Schuss.*
3003.	LeRoi Jones	*Le peuple du blues.*

3004.	Joseph Kessel	*Vent de sable.*
3005.	Patrick Modiano	*Du plus loin de l'oubli.*
3006.	Daniel Prévost	*Le pont de la Révolte.*
3007.	Pascal Quignard	*Rhétorique spéculative.*
3008.	Pascal Quignard	*La haine de la musique.*
3009.	Laurent de Wilde	*Monk.*
3010.	Paul Clément	*Exit.*
3011.	Léon Tolstoï	*La Mort d'Ivan Ilitch.*
3012.	Pierre Bergounioux	*La mort de Brune.*
3013.	Jean-Denis Bredin	*Encore un peu de temps.*
3014.	Régis Debray	*Contre Venise.*
3015.	Romain Gary	*Charge d'âme.*
3016.	Sylvie Germain	*Éclats de sel.*
3017.	Jean Lacouture	*Une adolescence du siècle : Jacques Rivière et la* N.R.F.
3018.	Richard Millet	*La gloire des Pythre.*
3019.	Raymond Queneau	*Les derniers jours.*
3020.	Mario Vargas Llosa	*Lituma dans les Andes.*
3021.	Pierre Gascar	*Les femmes.*
3022.	Penelope Lively	*La sœur de Cléopâtre.*
3023.	Alexandre Dumas	*Le Vicomte de Bragelonne I.*
3024.	Alexandre Dumas	*Le Vicomte de Bragelonne II.*
3025.	Alexandre Dumas	*Le Vicomte de Bragelonne III.*
3026.	Claude Lanzmann	*Shoah.*
3027.	Julian Barnes	*Lettres de Londres.*
3028.	Thomas Bernhard	*Des arbres à abattre.*
3029.	Hervé Jaouen	*L'allumeuse d'étoiles.*
3030.	Jean d'Ormesson	*Presque rien sur presque tout.*
3031.	Pierre Pelot	*Sous le vent du monde.*
3032.	Hugo Pratt	*Corto Maltese.*
3033.	Jacques Prévert	*Le crime de Monsieur Lange. Les portes de la nuit.*
3034.	René Reouven	*Souvenez-vous de Monte-Cristo.*
3035.	Mary Shelley	*Le dernier homme.*
3036.	Anne Wiazemsky	*Hymnes à l'amour.*
3037.	Rabelais	*Quart livre.*
3038.	François Bon	*L'enterrement.*
3039.	Albert Cohen	*Belle du Seigneur.*
3040.	James Crumley	*Le canard siffleur mexicain.*
3041.	Philippe Delerm	*Sundborn ou les jours de lumière.*

3042.	Shûzaku Endô	*La fille que j'ai abandonnée.*
3043.	Albert French	*Billy.*
3044.	Virgil Gheorghiu	*Les Immortels d'Agapia.*
3045.	Jean Giono	*Manosque-des-Plateaux* suivi de *Poème de l'olive.*
3046.	Philippe Labro	*La traversée.*
3047.	Bernard Pingaud	*Adieu Kafka ou l'imitation.*
3048.	Walter Scott	*Le Cœur du Mid-Lothian.*
3049.	Boileau-Narcejac	*Champ clos*
3050.	Serge Brussolo	*La maison de l'aigle.*
3052.	Jean-François Deniau	*L'Atlantique est mon désert.*
3053.	Mavis Gallant	*Ciel vert, ciel d'eau*
3054.	Mavis Gallant	*Poisson d'avril.*
3056.	Peter Handke	*Bienvenue au conseil d'administration.*
3057.	Anonyme	*Josefine Mutzenbacher. Histoire d'une fille de Vienne racontée par elle-même.*
3059.	Jacques Sternberg	*188 contes à régler.*
3060.	Gérard de Nerval	*Voyage en Orient.*
3061.	René de Ceccatty	*Aimer.*
3062.	Joseph Kessel	*Le tour du malheur I : La fontaine Médicis. L'affaire Bernan.*
3063.	Joseph Kessel	*Le tour du malheur II : Les lauriers-roses. L'homme de plâtre.*
3064.	Pierre Assouline	*Hergé.*
3065.	Marie Darrieussecq	*Truismes.*
3066.	Henri Godard	*Céline scandale.*
3067.	Chester Himes	*Mamie Mason.*
3068.	Jack-Alain Léger	*L'autre Falstaff.*
3070.	Rachid O.	*Plusieurs vies.*
3071.	Ludmila Oulitskaïa	*Sonietchka.*
3072.	Philip Roth	*Le Théâtre de Sabbath.*
3073.	John Steinbeck	*La Coupe d'Or.*
3074.	Michel Tournier	*Éléazar ou La Source et le Buisson.*
3075.	Marguerite Yourcenar	*Un homme obscur — Une belle matinée.*
3076.	Loti	*Mon frère Yves.*

3115. Philippe Forest — *L'enfant éternel.*
3116. Michel del Castillo — *La tunique d'infamie.*
3117. Witold Gombrowicz — *Ferdydurke.*
3118. Witold Gombrowicz — *Bakakaï.*
3119. Lao She — *Quatre générations sous un même toit.*
3120. Théodore Monod — *Le chercheur d'absolu.*
3121. Daniel Pennac — *Monsieur Malaussène au théâtre.*
3122. J.-B. Pontalis — *Un homme disparaît.*
3123. Sempé — *Simple question d'équilibre.*
3124. Isaac Bashevis Singer — *Le Spinoza de la rue du Marché.*
3125. Chantal Thomas — *Casanova. Un voyage libertin.*
3126. Gustave Flaubert — *Correspondance.*
3127. Sainte-Beuve — *Portraits de femmes.*
3128. Dostoïevski — *L'Adolescent.*
3129. Martin Amis — *L'information.*
3130. Ingmar Bergman — *Fanny et Alexandre.*
3131. Pietro Citati — *La colombe poignardée.*
3132. Joseph Conrad — *La flèche d'or.*
3133. Philippe Sollers — *Vision à New York*
3134. Daniel Pennac — *Des chrétiens et des Maures.*
3135. Philippe Djian — *Criminels.*
3136. Benoît Duteurtre — *Gaieté parisienne.*
3137. Jean-Christophe Rufin — *L'Abyssin.*
3138. Peter Handke — *Essai sur la fatigue. Essai sur le juke-box. Essai sur la journée réussie.*
3139. Naguib Mahfouz — *Vienne la nuit.*
3140. Milan Kundera — *Jacques et son maître, hommage à Denis Diderot en trois actes.*
3141. Henry James — *Les ailes de la colombe.*
3142. Dumas — *Le Comte de Monte-Cristo I.*
3143. Dumas — *Le Comte de Monte-Cristo II.*